SOPA DE LLIBRES

FSC
El paper utilitzat en aquesta edició compleix
els requisits mediambientals FSC, que garanteixen
un circuit sostenible en tota la cadena de producció.

Mallorca, 45, 4a planta. 08029 Barcelona
Telèfon 932 172 054. Fax 932 373 469
barcanova@barcanova.cat
www.barcanova.cat

Disseny: Manuel Estrada

Projectes: Sara Moyano
Edició: Montse Ballaró
Maquetació: Marga Cifré
Assessorament literari: Pere Martí

Primera edició: març de 2013

ISBN: 978-84-489-3156-8
DL B. 5396-2013

Imprès a Gràfiques 92, SA
Printed in Spain

La Serpentina
i l'antiga família

Premi BARCANOVA de literatura infantil i juvenil

En la convocatòria de l'any 2012
aquesta obra va obtenir el segon premi.

SOPA DE LLIBRES

Miquel Pujadó

La Serpentina i l'antiga família

Il·lustracions de Saul Daru'

BARCANOVA EDITORIAL

ÍNDEX

ELS PERSONATGES

LA FAMÍLIA:

- ARNAU ANTIC: El pare. No va néixer pas abans-d'ahir.
- SARBATANA: La mare. Escolta molt atentament el pare, i després li fa fer el que ella vol.
- MELISANDRA: La tieta de la Serpentina, germana de la Sarbatana. No li agrada gens la gent «normal».
- SERPENTINA: La narradora d'aquesta història. Aparentment, té onze anys. En realitat...
- CORNUCOPI: L'avi de la Serpentina, pare de la Sarbatana i de la Melisandra. Col·lecciona coses molt curioses i fa una cuina molt especial, no apta per a tots els paladars.
- BENVINGUT: El germà petit de la Serpentina. Segons ella, és un plom, però malgrat tot se l'estima.
- AQUIL·LES: Un majordom amb molta història.

• VISCÓS: La mascota de la família. No és un gos, ni un gat ni un hàmster. De fet, és difícil dir què és exactament.

ELS ALTRES:

• JOSEP DEULOFEU: Un individu poc recomanable que arreplega diners de manera sospitosa.
• JAUME: L'ajudant d'en Deulofeu (molt menys intel·ligent que ell, tot s'ha de dir).
• MANEL I QUICO: Dos petits delinqüents força lamentables.
• CARME: Una àvia encantadora. O potser amaga alguna cosa?

1

20 D'OCTUBRE DE 1715

El pare va entrar a casa fent cara de prunes agres i va cridar: «Reunió familiar! Ara mateix!». Quan el pare diu «Reunió familiar! Ara mateix!» és que les coses van mal dades i segurament em tocarà el rebre. En tinc experiència: fa només tres-cents cinquanta anys ja va passar una cosa molt semblant. Em vaig asseure, doncs, a la gran taula rodona de la sala principal, esperant resignadament l'esbroncada que m'estava sens dubte destinada, mentre anaven arribant els altres: la mare, l'avi, la tieta Melisandra i en Benvingut, el meu germà petit. L'Aquil·les ens va anar servint amb la seva discreció habitual unes tasses d'herba ratera. Sempre tan assenyat, l'Aquil·les: sap que van bé per als nervis i que les necessitaríem. El Viscós tenia ganes de jugar i m'acaronava impacient la cama amb un tentacle, però en veure entrar el pare es va adonar de seguida que no estava per orgues. Em va mirar breument amb el seu gros ull tot humit i va arrossegar la seva massa verda i gelatinosa fora de l'habitació abans no el fessin fora. El pare es va asseure, va comprovar amb un ràpid esguard que hi érem tots, es va escurar la gola i va començar a parlar.

—Família, la situació és greu i hem de prendre una decisió urgent.

La mare el va interrompre:

—Què ha passat, Arnau?

—Que què ha passat em preguntes, Sarbatana? Doncs ha passat que la *teva* filla ha tornat a fer una bestiesa.

No falla, quan el pare està empipat amb mi, sempre diu a la mare que sóc «la seva filla», com si ell no hagués tingut res a veure en el procés que em va fer arribar al món. La mare em va mirar amb posat amoïnat.

—Serpentina, filla meva, quina una n'has fet, ara?

L'avi, amb la seva bonhomia habitual, va intentar treure ferro a la situació.

—Segur que no ha estat res, Sarbatana. Coses de nens.

Però amb aquesta frase va fer que m'empipés de debò.

—Ja n'hi ha prou! Em tracteu com si fos una criatura!

—Perquè *ets* una criatura —replicà el pare.

—Ets una criatura! Ets una criatura! —cantussejà el pesat del meu germà fins que el vaig fer callar amb una mirada assassina. Em vaig enfrontar decididament tant al pare com a l'avi.

—No sóc una criatura! Ja tinc nou-cents anys. Mil dos-cents, si comptem la gran dormida.

—No la podem comptar: ja saps que durant les grans dormides no creixem ni envellim. Serpentina, *ets* una criatura, però una criatura que ja hauria de començar a tenir una mica de seny. Ja saps què va passar la darrera vegada.

Prou bé que ho sabia. Corria l'any 1365 i un nen del poble, tot brut i esdentegat, em va començar a dir coses desagradables, sobre mi i sobre la família. Que si érem tan estranys, que ningú no es refiava de nosaltres, que segurament teníem tractes amb el dimoni perquè algunes nits sortien llums molt estranyes de casa nostra... Jo feia com si sentís ploure, perquè el pare m'havia prohibit de fer res que ens pogués delatar. Però quan aquell galifardeu em va dir que era lletja i que mai cap noi no em voldria, em va pujar la sang al cap i vaig esclatar. Ja ho sé, que no ho hauria hagut de fer, això de convertirlo en un porc. O almenys l'hauria d'haver convertit del tot en un porc, i no deixar-li el seu cap original, però quan se'm va acudir la idea vaig pensar que el resultat seria tan grotesc que faria riure. I una s'ha de poder divertir de tant en tant, no trobeu? Bé, el fet és que quan aquell estaquirot es va trobar amb pernils en lloc de braços i cames, va arrencar a xisclar com si fos el dia de Sant Martí i va sortir cames... vull dir, potes ajudeu-me, cap al tros on estava llaurant el seu pare. I ja la vam tenir organitzada! El pare del... porquet va anar a buscar el capellà i van posar-se a cridar no sé què de bruixeria. Jo els espiava de lluny, i quan vaig veure que els vilatans arreplegaven bastons, forques i torxes, em vaig teletransportar a casa i vaig explicar al pare el que havia succeït. No es va posar gens content, no. Però de moment no em va dir res: va anar a rebre tota la trepa que es dirigia cap a casa nostra amb males intencions i després em vaig assabentar que els va intentar calmar amb les seves millors paraules. Però —i mira que el

pare, de parlar, en sap— aquella gent no volia escoltar ningú. Fins i tot després que el pare tornés la forma humana a aquell petit estaquirot, insistien a cremar-nos vius. Quina mania tenien amb el foc, la gent d'aquella època! Així doncs, el pare va decidir deixar-los paralitzats durant una hora (és un encanteri que m'agradaria aprendre aviat, aquest, per fer-lo servir quan el meu germanet m'emprenyi), va tornar a casa i va cridar: «Reunió familiar! Ara mateix!». I en aquella reunió es va decidir que ens valia més fer-nos oblidar i desaparèixer durant un temps. Jo no havia fet encara cap gran dormida, així que la cosa em feia una certa il·lusió, però de fet no vaig notar cap sensació especial. És com anar-te'n al llit una nit qualsevol. Només que, quan et despertes, no és pas l'endemà, sinó que han passat tres segles. I com que estàs ja dormint, ni te n'adones, que la casa desapareix sota terra. En fi, quan vam tornar a la superfície i ens vam revifar, era l'any 1665, i val a dir que el darrer mig segle l'hem passat força tranquils, barrejant-nos amb la gent de la vila com si fóssim humans i anant amb molt de compte de no mostrar públicament les nostres habilitats. Només el pare, d'amagat, va decidir l'any passat, després de la caiguda de Barcelona de l'11 de setembre, quan les tropes franceses i castellanes ja ocupaven el país i feien amb la pobra gent el que els venia de gust, llançar un encanteri de protecció damunt el nostre llogarret. Durant els darrers mesos, ningú de fora no hi ha entrat, i cap vilatà no ha sentit desigs de sortir-ne. Hem viscut dins una mena de bombolla tranquil·la, mentre a fora, segons tinc entès, no hi havia sinó mort i destrucció.

—Cornucopi —reprengué el pare, adreçant-se a l'avi—. Dius que el que ha fet la Serpentina són «coses de nens». Saps quines són aquestes «coses de nens»?

—No, però segur que me les explicaràs, estimat gendre —va respondre l'avi en aquell to mofeta que molestava tant el pare.

—I és clar que te les explicaré, *estimat sogre*! La teva néta ha estat jugant al prat amb les vaques.

—No veig que això sigui cap malifeta.

—Serpentina —em digué llavors el pare—, ens podries explicar a tots plegats *com* has jugat amb les vaques?

Em vaig posar vermella, però no vaig gosar deixar de respondre.

—Em... em pensava que ningú no ho veuria. Avui és diumenge, i tothom era a missa de dotze. Jo estava tota sola, al prat.

—Vols respondre d'un cop la pregunta?

—Bé, m'avorria i he pensat que les vaques són sempre iguals: marrons, blanques i negres, i para de comptar. Llavors, he sentit curiositat per veure quin efecte faria una vaca de color vermell. I realment feia molt de goig.

—I després de tornar vermella una vaca, què més has fet, reina del meu cor? —va reprendre el pare amb un somriure que no presagiava res de bo.

—Doncs vaig pensar que una vaca de color blau cel faria joc amb la vermella, i després...

—I després?

—Doncs m'he anat engrescant, n'he fet tornar rosa una altra, lila la de més enllà...

—I al final tot el ramat era de coloraines!

—Pensava tornar-lo a la normalitat abans no sortís la gent de l'església.

—Però abans has tingut una altra idea, oi? Una altra *grrraaan* idea!

De sobte em van venir unes terribles ganes de plorar. Només vaig dir:

—Jo no volia, jo...

I em van caure uns llagrimots com el puny. L'avi, el pare i la tieta es van aixecar d'un bot i se'm van acostar per consolar-me. La mare es va adreçar al pare, enfurismada:

—Deus estar content, Arnau. Has fet plorar la *nostra* filla. —I va recalcar la paraula *nostra*.

—Em sap greu, Sarbatana, però la Serpentina ha estat una irresponsable. Sabeu què ha fet després de convertir el ramat de vaques en el somni d'un borratxo? Va, Serpentina, digue'ls-ho.

—He... pensat... que seria molt bonic... amb tants colors... veure-les volar.

—Filla meva, no deus haver pas... —La mare semblava esverada, tot d'un cop.

—Sí, Sarbatana, sí, la *teva* filla ha fet que a les vaquetes els sortissin ales i les ha fet volar com si fossin pardalets per damunt del prat.

—No te'n burlis, pare, que feien molt de goig!

—N'estic convençut, que feien mooolt de goig. Però el que ha passat després no n'ha fet tant, de goig. Sabeu que una part del sostre de l'església, just damunt l'altar, va caure fa uns quants dies, oi?

—Sí —respongué la mare—, m'ho va dir la Tuies, aquella beata tafanera—. «Li ho

explico perquè, és clar, vostès van tan poc a missa que potser no se n'assabentarien pas», va afegir amb tota la mala idea.

—Doncs bé —reprengué el pare—, es dóna el cas que el mossèn havia decidit fer servir el sermó d'avui per conscienciar la gent que havien de col·laborar econòmicament i amb la força dels braços en la reconstrucció del sostre. En un moment de la seva homilia, es veu que ha dit alguna cosa com: «Fills meus, ja ho sé, que és bonic veure el cel, el destí de tots els bons cristians, des de la nostra església, però ja som a mitjan octubre i quan comenci a ploure...». I ha quedat mut mentre mirava enlaire. Sabeu per què?

Tota la família, menys jo, va fer que no amb el cap. El pare se m'adreçà.

—Serpentina, preciosa, no t'has adonat, oi, que una de les vaquetes, la de color rosa, tan bonica ella, s'allunyava de les altres i se n'anava a voletejar com una papallona just damunt de l'església?

—No me n'he adonaaat —vaig respondre tornant a plorar a la valenta.

—Doncs el mossèn sí que s'ha adonat que hi havia una vaca alada de color rosa a uns quants metres sobre el seu cap. I sabeu què ha passat?

Un altre cop, tots menys jo van fer que no amb el cap. El pare prosseguí.

—Mireu: quan un ocellet vola damunt teu, sempre hi ha la possibilitat que et caigui al damunt un excrement. Són coses que passen. És empipador, però, mira, te'l neteges amb un mocador després de dir un renec i no passa d'aquí. Ara bé, la tifa d'una vaca voladora és una cosa que paga la pena de veure. I el mossèn l'ha vista, i tant que l'ha vista!

—Arnau, no em diguis que...

El pare assentí greument amb el cap.

—L'ha vista amb total nitidesa mentre li queia al damunt. Una punteria brutal, la de la teva vaqueta rosa, Serpentina. Moltes felicitats! L'ha encertat just a la cara i la cacona li ha anat regalimant a poc a poc però inexorablement per tot el cos. Un espectacle inoblidable, diuen.

L'avi va llançar una sonora riallada.

—Aquesta sí que és bona! «Deixeu que les tifes s'acostin a mi!»

—Cornucopi, no hi veig la gràcia —va interrompre'l el pare, molt empipat—. Evidentment, quan els fidels han vist que el seu estimat mossèn quedava cobert de..., bé, de merda, vaja, si hem de parlar clar, han sortit tots a corre-cuita de l'església per saber què redimoni havia passat i han contemplat un espectacle extraordinari, ofert generosament per la Serpentina, aquí present. No solament han fruït de la visió de la vaca rosa que acabava de fer un regal inesperat al capellà, sinó que, allà al prat, n'hi havia ben bé una dotzena de tots els colors fent la competència a les orenetes.

—I què ha passat després? —preguntà la mare.

—T'ho pots imaginar: en veure la Serpentina allà al mig, han deduït que ella era la causant d'aquell fet *demoníac*. I quan han vist que desapareixia de sobte...

—Tenia molta por. M'haurien volgut fer mal!

—Quan han vist que desapareixia —reprengué el pare—, les seves sospites han quedat confirmades. Així que m'ha explicat el que havia passat, he anat a fer un tomb per la vila, tot protegint-me amb un encanteri d'invisibilitat, és clar, i ja hi tornem a ser! Estan repartint armes i aviat vindran cap aquí a fer-nos miques.

L'avi va moure el cap, entristit.

—Passen els segles, però els humans no aprenen res de res. Si no els féssim tanta por, podríem col·laborar amb ells i ajudar-los a evolucionar.

—Els humans han d'evolucionar sols —replicà el pare—. És la seva feina, no pas la nostra. Sempre que alguna de les nostres famílies ha intentat oferir els seus coneixements als humans, els seus membres han acabat fatal. Per això actualment només quedem quatre famílies antigues al món. I, a Europa, només hi ha la nostra.

Ningú no havia vist entrar l'Aquil·les. El nostre majordom estossegà discretament per cridar-nos l'atenció.

—Senyors, senyores, no voldria pas interrompre la reunió, però em temo que els vilatans estan venint pel senderol, encapçalats pel mossèn i per l'alcalde, que el segueix a una distància prudencial per qüestions d'olor, em sembla. Criden molt i van armats fins a les dents, i alguns porten torxes enceses.

—Què deuen voler? —digué el ruc del meu germanet.

—No crec que vulguin convidar-nos a berenar —respongué el pare, abans d'adreçar-se a l'Aquil·les—. Són molt a prop?

—Tot just han arribat a la cruïlla del roure sec, i tenint en compte que el camí fins a la casa és sinuós i fa molta pujada, jo diria que disposem d'un marge de quinze minuts, potser vint.

—Massa poc. Haig de fer els preparatius per a la gran dormida i necessito almenys una hora.

En sentir això, tots ens vam esverar i vam començar a parlar alhora:

—Una altra gran dormida?

—Si només fa cinquanta anys que...

—Jo ja em començava a acostumar a aquesta època.

—No podríem fer una altra cosa? Un encanteri d'oblit?

El pare va fer callar tothom amb un gest i es va adreçar a la mare, que era la darrera que havia parlat.

—Són massa gent, i, a més, els encanteris d'oblit sovint s'esbraven en uns quants mesos. No, si volem sobreviure, la gran dormida és l'única solució. Melisandra?

—Sí, Arnau? —La tieta, la germana de la meva mare, que havia estat callada durant tota la reunió, es posà dreta, imaginant què li demanaria el seu cunyat.

—Et sabria greu anar a entretenir una estona la colla que es dirigeix cap aquí?

—Cap problema, agafo l'escombra i me n'hi vaig. Ja en tenia ganes, per cert, de poder volar sense amagar-me d'aquella colla de pagesos.

—Ah, Melisandra, per cert...

—Sí, Arnau?

—Mira de no fer-los mal.

—No t'amoïnis, germà. Els tractaré amb guants de seda.

La cara que va fer el meu germà en escoltar això expressava molt clarament que la idea de la Melisandra comportant-se delicadament amb els humans era un concepte difícil de pair. Un cop la tieta va haver sortit, el pare començà a repartir la feina, i aviat quasi tots estàvem instal·lats als nostres llits especials (un llits que semblaven ben bé taüts, ja que posseïen una tapa per protegir-nos de la pols dels segles i de les possibles agressions del fred i la calor), preparats per ser tancats hermèticament així que comencés el procés. Només el pare i l'Aquil·les anaven amunt i avall llançant alguns encanteris de protecció als objectes més valuosos i protegint el terreny de possibles construccions futures: no hauria estat gens agradable que la nostra casa sorgís de les profunditats per trobar-nos que hi havia una altra casa edificada al mateix terreny! Aviat tornà la tieta, volant amb l'escombra per la finestra del menjador. Així que descavalcà i deixà l'escombra a l'armari, anà cap al pare.

—Bé, Arnau, missió acomplerta. Els humans trigaran més d'una hora i mitja a arribar aquí.

—Tenim temps de sobres. Per cert, què els has fet?

La tieta lluí un dels seus somriures típics, que exhibeix sempre després d'haver fet una malifeta.

—Oh, poca cosa. Quan m'han vist volar per damunt d'ells, tots han començat a cridar, com era previsible, «Una bruixa! Una bruixa! Cremeu-la!» i coses per l'estil.

—Sí, ja m'ho imagino, i què més?

—Doncs, mira, he pensat que, per tal de frenar-los una estona, un bon sistema era que tinguessin la cara al clatell.

—Què dius?

—Amb un encanteri que ben pocs dominem, mal m'està el dir-ho, els he estovat les vèrtebres a tots i he fet que els caps giressin cent vuitanta graus, abans de tornar-les a solidificar. És a dir: ara tots aquells pagesos, incloent-hi el batlle i el capellà, tenen el cap mirant cap enrere. Per coordinar els moviments, no és gens pràctic. De fet, quan els he deixat per tornar aquí, els que no eren ja a terra estaven topant entre ells i dient unes paraulotes considerables. I cal dir que el mossèn és un dels que renega més: quan tot això acabi s'haurà d'autoconfessar i clavar-se una bona penitència, em sembla —digué la tieta, tot rient divertida.

—Bé, suposo que això els retardarà prou —va dir el pare amb un sospir, i l'Aquil·les i ell van continuar amb els preparatius, mentre la tieta es ficava al llit.

Una estona després, tot estava enllestit. El pare semblava satisfet.

—Bé, família, em sembla que no em deixo res. Aquil·les, pots anar a jeure també, ja no et necessito. Bé, com ja sabeu, us adormireu així que els llits quedin hermèticament tancats, i totes les vostres funcions vitals quedaran reduïdes al mínim: no us caldrà ni menjar, ni aigua ni oxigen.

—Això ja ho sabem, pare —em vaig impacientar.

—També sabies el que no havies de fer, i ja veus què ha passat, oi? Val més assegurar-nos ara de les obvietats que no pas tenir disgustos més endavant.

Em vaig mossegar la llengua i vaig callar. Em fa una ràbia, quan el pare té raó i no li puc replicar!

—El Viscós, com la darrera vegada, ens farà d'antena i enregistrarà tots els canvis que es produeixen durant els propers tres segles.

I és que el Viscós, tot i que a primera vista no sembla sinó una gran bola de mocs verds i llefiscosos (a mi m'agrada molt, fa un fàstic!) amb un ull enmig, que es desplaça estirant i arronsant uns tentacles que crea a partir de la seva pròpia massa, és un autèntic geni a l'hora d'enregistrar informació. Gràcies a ell, en despertar-nos, aprendríem ràpidament els canvis en la llengua del país —si és que quedava llengua del país després de la invasió de francesos i castellans—, i l'evolució política, social, científica, etc. del nostre entorn. Així ens hi podríem adaptar més fàcilment. És un gran professor, el Viscós: només cal que et posi un tentacle al front, i totes les dades que posseeix passen al teu cervell en un tres i no res i s'hi queden. El pare continuava parlant, però ja des del seu propi llit:

—Bé, ha arribat el moment. Estimats, em disposo a fer l'encanteri que clourà els llits. Bona dormida!

Mentre la coberta del llit taüt es tancava lentament, em va venir al cap una cosa:

—Ostres, pare!

—Què vols ara, filla?

—Amb tot l'embolic, no m'he recordat de desencantar les vaques! Encara deuen estar volant per damunt el prat o el poble.

—No t'amoïnis —digué el pare fent un badall—. Així que ens adormim, els nostres encanteris deixaran de tenir efecte. La gent del poble tornarà a mirar cap endavant i a caminar sense caure per terra, i les vaques deixaran de ser de colors i de volar com orenetes.

—Això vol dir que, des del punt de vista meteorològic, s'espera pluja. Una pluja de vaques! —digué, rient, l'avi des del seu llit—. Espero que no enxampin ningú a sota. Una cosa és que et caigui una tifa de vaca al damunt i una altra, que et caigui la vaca sencera!

—Tant de bo ningú no prengui mal —digué la mare—. Però aquesta pluja de vaques no serà pas el pitjor. L'encanteri de protecció del poble deixarà de funcionar.

—Així doncs... —vaig començar, sentintme de cop molt culpable.

—Sí, Serpentina, aviat les tropes borbòniques entraran a la vila.

—Ha estat culpa meva.

—Ara ja no hi pots fer res. Que et serveixi de lliçó de cara a la nova època que ens espera.

—Ens despertarem l'any... Mmm... 2015, oi? Com serà aquell temps? Els humans hauran oblidat les seves pors i hauran deixat d'odiar els que són diferents?

—Tant de bo, però jo no em faria gaires il·lusions. Au, família, a fer nones, que d'aquí a tres-cents anys hem de llevar-nos d'hora.

La darrera cosa que vaig sentir abans d'adormir-me va ser el rum-rum sord de la nostra mansió enfonsant-se lentament sota terra. Quan els vilatans arribarien aquí, encara espantats per l'experiència d'haver-se vist l'esquena durant una bona estona, no hi trobarien sinó un terreny buit. I al seu voltant (i potser al seu damunt) començarien a caure vaques. Mentre mirava d'imaginar-me la cara que farien, em va xuclar la foscor.

2

COSES QUE PASSEN MENTRE DORMS

Felip V, el vencedor de la guerra de Successió, va imposar els anomenats decrets de Nova Planta que abolien les institucions del nostre país i va intentar destruir la llengua catalana tot prohibint-la en gairebé tots els àmbits. No se'n va pas sortir, però després en van venir altres de la seva mateixa corda...

I nosaltres dormíem.

El 1789, a França, va tenir lloc la Revolució Francesa, que va comportar canvis profundíssims arreu d'Europa, així com la redacció de la Declaració Universal dels Drets de l'Home. També és veritat que de la Revolució en van sorgir una època de Terror i un tal Napoleó, que es va autoproclamar emperador i que va ocupar una gran part d'Europa, fins que es va estavellar contra el fred de Rússia i contra l'exèrcit anglès.

I nosaltres dormíem.

A partir de la dècada dels anys trenta del segle XIX, va desenvolupar-se la Renaixença. A poc a poc, el català va tornar a ser llengua de cultura. Aparegueren grans autors com el poeta Jacint Verdaguer i el dramaturg Àngel Guimerà.

I nosaltres dormíem.

A finals del segle XIX, Espanya va perdre les darreres colònies que li quedaven mar enllà. A Catalunya va sorgir un moviment, el Modernisme, que volia ser, com el seu nom indica, modern, nacional i europeu. Arquitectes com Antoni Gaudí, escriptors com Joan Maragall i Caterina Albert (que signava com a Víctor Català), pintors com Ramon Casas i molts altres artistes van revolucionar la seva època.

I nosaltres dormíem.

El 1913, Pompeu Fabra, des de la Secció Filològica de l'Institut d'Estudis Catalans, tirà cndavant la normativització ortogràfica de la nostra llengua. Entre 1914 i 1918, va produir-se una carnisseria a escala mundial. Llavors en van dir la Gran Guerra. Deien que era la guerra que havia d'acabar totes les guerres. Sí, és clar... No s'imaginaven pas que més tard n'haurien de dir la Primera Guerra Mundial, perquè n'hi hauria una segona! Un poc abans de la fi del conflicte, el 1917, a Rússia es produïa la Revolució Soviètica.

I nosaltres dormíem.

El 1931, van clavar una puntada de peu al rei Alfons XIII, l'hereu d'aquell Felip V que havia ocupat Catalunya, el País Valencià i les Illes (llevat de Menorca, que va quedar sota sobirania anglesa durant un temps) poc abans que encetéssim la dormida. Es va proclamar la República Espanyola. Catalunya retrobava la Generalitat, presidida per Francesc Macià, i aconseguia l'autonomia amb un Estatut, això sí, molt retallat a Madrid per les corts espanyoles.

I nosaltres dormíem.

A l'inici dels anys trenta, a Europa van començar a créixer moviments de caire totalitari: el nazisme a Alemanya, el feixisme a Itàlia... A l'Estat espanyol, el 1936 va haver-hi un aixecament militar que va desembocar en una guerra civil llarga i sagnant. El 1939, els feixistes espanyols van guanyar la guerra, el president de la Generalitat, Lluís Companys, fou afusellat i el dictador Francisco Franco tornà a eliminar els drets i les institucions catalanes, i començà un altre període d'intent salvatge de destrucció de la llengua i la cultura catalanes.

I nosaltres dormíem.

De 1939 a 1945, va tenir lloc la Segona Guerra Mundial. Els nazis, dirigits per Adolf Hitler, van voler esborrar la raça jueva de la faç de la terra i van crear els camps d'extermini, una de les grans vergonyes de la humanitat. Més de sis milions de jueus hi van morir, i també milers d'homosexuals, gitanos, dissidents polítics... Hitler tenia com a aliats el feixisme de Benito Mussolini i el Japó imperial, i va ocupar una gran part d'Europa, però no pogué superar la resistència anglesa, i el seu intent d'ocupar Rússia va ser un desastre que va comportar la fi de la vida de desenes de milers de soldats alemanys (en el fons li va passar com a Napoleó; ja ho diuen, que la història es repeteix). Quan els Estats Units (que s'havien independitzat a finals del segle XVIII) van entrar a la guerra, les coses es van decantar a favor dels aliats. Però la rendició del Japó, després que els EUA llancessin dues bombes atòmiques sobre les ciutats d'Hiroshima i Nagasaki, no és tampoc res que s'hagi de recordar com un gran moment de la història del planeta. En tot cas, la guerra va acabar...

I nosaltres dormíem.

Espanya no havia participat en la guerra, i molts pensaven que els aliats farien caure Franco un cop la guanyessin. No va ser així. Començava l'escalada de tensió entre el bloc capitalista i el bloc comunista (amb Rússia com a nucli), allò que va esdevenir la Guerra Freda i que va estar a punt, més d'una vegada, d'esdevenir la Tercera Guerra Mundial. Franco era un anticomunista ferotge i la Península es trobava en un lloc estratègic. Era un curt de gambals, però un curt de gambals útil. Els catalans que esperaven que seguís el camí de Hitler i de Mussolini van quedar amb un pam de nas.

I nosaltres dormíem.

I van passar moltes altres coses... La ciència va començar a avançar a passes de gegant. Franco va morir al llit l'any 1975 i, tot i que es va fer una Transició cap a la democràcia, mai no es va fer net del tot. Catalunya i la seva llengua van aconseguir, un cop més, sobreviure gràcies a la tossudesa i la determinació de la gent. Es va restaurar la Generalitat, amb un Estatut retallat (un cop més) per Madrid. El bloc comunista es va acabar desfent com un terròs de sucre. Hi va haver més guerres a Europa i pertot arreu, si fa no fa. El fanatisme islàmic va esdevenir la nova gran amenaça, sobretot quan uns sinistres cretins van segrestar i estavellar dos avions de passatgers contra les dues grans torres bessones del World Trade Center de Nova York l'11 de setembre (es veu que aquesta data porta malastrugança!) de l'any 2001.

I nosaltres dormíem.

Tot això, i moltes més coses, com ara el naixement i l'evolució del telèfon, els mitjans de comunicació audiovisuals, el cinema, els ordinadors, Internet, la degradació del planeta, la cursa armamentística, etc., ho vam saber després, gràcies a la gran quantitat d'informació de tota mena fornida pel Viscós, que s'havia convertit durant el nostre son en una autèntica enciclopèdia. I val a dir que ens va semblar increïble que en només tres segles els humans haguessin estat capaços de crear tantes meravelles i, alhora, de causar tants desastres. Però no avancem els esdeveniments...

3

20 D'OCTUBRE DE 2015

Vaig fer un badall mentre la tapa del meu llit s'alçava amb un lleu grinyol. Tenia els ulls tancats i els vaig anar obrint molt a poc a poc, tement que la llum sobtada, després d'un son tan llarg, no em fes mal. Però al meu voltant hi havia una suau penombra, que em permetia distingir els objectes sense copsar-ne tots els detalls. Altres llits es van anar obrint, i vaig començar a sentir veus familiars:

—Estimat gendre, per a una altra vegada, caldria pensar a fer-nos llits més còmodes. Estic baldat, com si hagués dormit a terra!

—Sempre et queixes per tot, Cornucopi! —Era la veu del pare.

—No és veritat. Només em queixo quan em puc queixar de tu, ja ho saps.

—Molt divertit, estimat sogre. I ara, si m'ho permets, m'haig d'ocupar dels altres... Sarbatana, estàs bé, estimada?

—Sí, Arnau. Però això està molt fosc, no trobes? Benvingut, vine aquí i no facis el ruc!

El meu germanet estava corrent amunt i avall de l'habitació, cridant i colpejant els llits que encara no s'havien obert.

—Aquil·les! Melisandra! Amunt, dropos, és hora de llevar-se!

El llit de l'Aquil·les s'obrí tot seguit i el nostre majordom s'incorporà amb el seu habitual posat impassible.

—Al petit senyor no li cal cridar: ja estic despert. Amb el vostre permís —va dir, dirigint-se al pare—, prepararé un bon esmorzar per a tots amb el menjar que el senyor va preservar màgicament abans de la gran dormida. Cal que els estómacs s'acostumin a tornar a funcionar.

La tieta va ser, doncs, la darrera a despertar-se, i no semblava gens contenta.

—He tingut un somni recurrent, i somiar la mateixa cosa durant tres-cents anys és molt avorrit.

—Què has somiat, tieta? —vaig preguntar-li.

—Veuràs, Serpentina, he somiat que estava volant i queia de l'escombra.

—Això és impossible, ets una experta!

—Ja ho sé, però ja saps que en els somnis pot passar de tot, i en contra de tota lògica. Doncs bé, queia, queia i pensava: «Hauries de fer un encanteri per protegir-te, perquè, si no, t'estavellaràs.» Però no el feia pas, l'encanteri.

—Ah, no?

—No. Era com si em mirés a mi mateixa des de fora, amb una certa curiositat per veure com quedaria feta miques en topar contra el terra. Però poc abans d'arribar al final de la caiguda...

—Sí, tieta? Què passava?

—La meva escombra venia cap a mi, volant a tota velocitat i em recollia quan només em faltaven uns centímetres per arribar a terra. Llavors, m'agafava fort al pal i pujava, pujava, fins a ser molt amunt. I llavors...

—I llavors?

—Tornava a caure.

—I així contínuament?

—Contínuament! Un cop rere l'altre. Sort que m'he despertat. Per cert...

—Sí, tieta?

—Això està molt fosc, no? Que no ha pujat a la superfície, la casa?

—Si no hagués pujat, seríem del tot a les fosques —va dir el pare amb una certa preocupació a la veu.

—Potser som al capvespre...

—No. La casa estava programada per pujar a les deu del matí d'avui, dimarts 20 d'octubre de 2015, protegida per l'encanteri habitual. Jo, en coses com aquesta, no cometo errors —va replicar el pare, un pèl picat.

L'«encanteri habitual» a què es referia era l'encanteri pel qual l'ascensió de la casa quedava amagada als ulls humans; uns segons després d'aparèixer, tothom que la veia quedava convençut que *sempre havia estat allí*. És un encanteri molt difícil de realitzar, però el meu pare, quan s'hi posa, ens deixa a tots amb la boca oberta.

El misteri de la manca de llum va deixar de ser un misteri així que vam mirar per la finestra: la nostra casa havia quedat encaixada entre dos edificis altíssims, que gairebé no deixaven arribar fins a nosaltres la llum del sol. Vaig quedar garratibada.

—Voleu dir que la gent d'ara viu aquí, en aquestes gàbies de conills?

—Això sembla —digué el pare—. De fet, hem d'aprendre moltes coses. Viscós, prepara't per a la sessió pedagògica.

I així, després de l'abundós esmorzar que ens havia preparat l'Aquil·les, ens vam dirigir tots cap a la gran sala, i vam seure en set

cadires, fent rotllana al voltant del Viscós. Ell va cloure el seu ull, per tal de concentrar-se millor, i va crear set tentacles amb la matèria del seu cos, tentacles acabats en una mena de ventoses que es van adherir en els nostres fronts fent un soroll semilíquid. Tot seguit, un cúmul increïble d'informació va descarregar-se en els nostres cervells. En poc menys d'una hora, ens vam assabentar de tot el que havia passat al món d'ençà que ens vam adormir per darrera vegada, així com de l'estat actual de la humanitat i dels costums i les característiques socials i culturals de la gent amb qui hauríem de compartir la vida a partir d'aleshores. I també vam actualitzar la nostra llengua: el català del segle XXI no és pas el mateix que el del segle XVIII, evidentment! Després d'una sessió tan intensa, tots ens sentíem una mica marejats.

—Renoi! —exclamà el pare—. És increïble el que ha passat en el camp de la ciència en els darrers temps: la bombeta incandescent, el telèfon, el cinema, la televisió, els ordinadors, la xarxa... No m'ho acabo de creure.

—No t'oblidis de la bomba atòmica i de totes les armes que han ajudat la gent a massacrar-se de manera cada cop més efectiva i professional —va afegir, amb ironia amarga, l'avi.

—És veritat —va intervenir la mare—. Les guerres del segle XX van ser autèntiques carnisseries. I això de Bòsnia! I aquells avions estavellant-se contra aquelles torres... Els éssers humans construeixen coses increïbles i després sembla que frueixin destruint-les.

—Almenys el català s'ha salvat, malgrat la derrota a la guerra de Successió —vaig comentar, delerosa de col·laborar amb una nota optimista en la conversa.

—Tanmateix, continua en perill —em rebaté la tieta—. Pel que hem sabut, ha sobreviscut a aquell imbècil de Primo de Rivera, i a aquell assassí ridícul amb veu aflautada que es deia... Com? Ah, sí, Franco. Però a l'Espanya «eterna» continua fent-hi nosa. Mira com a les zones on és més feble, el País Valencià, les Balears, la franja de Ponent, els genocidis lingüístics amaguen cada cop menys les seves intencions.

—Sí, però —vaig tornar a intervenir, no volent donar-me per vençuda— la gent cada vegada es revolta més: la societat va per davant dels polítics, i això ens pot donar esperança.

—Tant de bo tinguis raó, Serpentina! —va dir el pare, i va fer un sospir—. Però el que ara hem de fer és aconseguir roba que ens faci assemblar-nos als nostres veïns. No es tracta de sortir al carrer vestits com si fóssim al segle XVIII en ple segle XXI. Es pensarien que som bojos o que celebrem el Carnaval a destemps.

—Me n'ocuparé tot seguit, senyor —digué l'Aquil·les.

—I necessitem diners actuals. He comprovat, gràcies al Viscós, que l'or continua essent un valor segur. Aniré a vendre unes quantes monedes dels estalvis familiars.

El que el pare anomenava «els estalvis familiars» era un autèntic tresor que hauria fet tornar bojos d'enveja els homes més rics i poderosos del planeta en qualsevol època, incloent-hi l'actual. Al soterrani de la casa hi havia una cambra secreta, plena de cofres que contenien milers de monedes d'or de gran puresa i de pedres precioses —algunes d'enormes— que el pare havia anat acumulant al llarg de milers d'anys d'existència i de moltes aventures que havien tingut lloc abans no decidís formar una família, que de vegades ens explicava durant les llargues nits d'hivern davant de la llar de foc. L'únic company que va tenir durant una part de la seva vida aventurera va ser l'Aquil·les. Es van conèixer enmig d'una guerra, uns trenta-quatre o trenta-cinc segles enrere. Una guerra que molta gent es pensa que fou pura llegenda i que es va esdevenir en un lloc que es deia Troia. En aquella època, la gent era tan bèstia com ara, però lluitaven només amb llances, espases, arcs i fletxes. L'Aquil·les es veu que era un gran guerrer, i formava part de les tropes aquees —una mena de grecs, pel que tinc entès— que volien envair Troia per una història de faldilles. Veient l'Aquil·les ara, tan tocat i posat i servicial, m'és difícil imaginar-me'l fent les coses que el pare explica, però diu que era ferotge i sanguinari i que va estossinar ell solet un bon grapat d'enemics, incloent-hi un tal Hèctor, que era l'heroi més important dels troians. El pare anava fent la seva entre troians i aqueus, per qüestions de negocis, i un dia va veure que l'Aquil·les queia ferit en un taló per una fletxa disparada per Paris, un troià. Es veu que el taló era el punt feble de l'Aquil·les, i aquesta expressió, «el taló d'Aquil·les», ha acabat passant a la llengua popular. A l'Aquil·les, això no li fa gens de gràcia, i precisament per això en Benvingut —a aquest mocós li agrada fer enrabiar tothom— fa servir l'expressió així que en té l'oportunitat. L'Aquil·les s'ho pren amb filosofia, però alguna cosa en la seva mirada em diu que si es trobés a l'època de la guerra de Troia i tingués a les mans les seves armes en Benvingut passaria cinc minuts realment dolents. Bé, com de costum ja he perdut el fil. Per on

anava? Ah, sí! Els aqueus es van pensar que l'Aquil·les era mort i li van preparar uns grans funerals, però el pare va fer desaparèixer amb un encanteri el fals cadàver i va fer córrer el rumor que Tetis, la mare d'Aquil·les, se l'havia emportat a un lloc que anomenaven l'Illa Blanca per fer-lo immortal. Realment, la gent s'empassa cada bestiesa...! En realitat, el pare va amagar l'Aquil·les a la cova on s'havia instal·lat feia uns mesos i el va curar, gràcies a les seves habilitats inqüestionables. Quan ja va poder caminar, l'Aquil·les va dir que ja n'estava tip, de guerres, i que preferia acompanyar el meu pare, si no li feia res, i ajudar-lo en les seves empreses, com una manera de mostrar-li agraïment per haver-li salvat la vida. El pare hi va estar d'acord, li va subministrar el sèrum de longevitat que fa que les famílies com la nostra passem de segle en segle com si tal cosa (l'Aquil·les, que jo sàpiga, és l'únic que n'ha pres sense ésser dels nostres) i tots dos van dedicar-se a córrer món durant segles, de Pèrsia a l'Índia, de la Xina a Àfrica, acumulant riqueses i passant-s'ho d'allò més bé. Fins que el pare va decidir posar seny, fa cosa de mil doscents anys, i es va casar amb la mare, tot i que això representava haver d'endur-se a casa l'avi —amb el qual mai no ha arribat a entendre's— i la tieta Melisandra. L'Aquil·les va demanar al pare de continuar amb ell fent les tasques de majordom, i per això el meu germà i jo, des del nostre naixement, sempre l'hem vist a casa, com si fos un membre més de la família, discret i eficient. Quan em miro les pintures que representen l'Aquil·les com a heroi guerrer, espasa en mà, no me'n sé avenir... Però torno a perdre el fil! Ja m'ho diu, la mare, que sóc massa dispersa. El que volia dir és que el pare va agafar un grapat de monedes del seu tresor i se'n va anar a vendre-les en una oficina on —segons la informació subministrada pel Viscós— compraven or a bon preu.

—Que vols venir, Serpentina? —em va demanar.

I jo vaig dir que sí, més contenta que un gínjol. Ens vam vestir amb la roba moderna que l'Aquil·les ens havia preparat amb la col·laboració de la màgia de la tieta Melisandra, i tots dos vam sortir, agafats de la mà, per descobrir el nostre nou món.

El llogarret on vivíem en encetar la dormida havia quedat absorbit per una ciutat enorme, d'edificis altíssims, plena de sorolls i d'olors estranys i excitants. Els cotxes sense cavalls que el Viscós ens havia dit que la gent anomenava automòbils anaven amunt i avall, i sort en teníem, a l'hora de creuar els carrers, d'aquells curiosos llums verds i vermells que es deien semàfors!

Jo feia uns ulls com unes taronges i tot em cridava l'atenció, però el pare caminava impassible al meu costat com si res fos capaç de sorprendre'l. Per fi vam arribar al nostre destí: un lloc amb una porta plena de cartells que deien «Comprem or», «Paguem més que ningú», i coses així. En entrar, vam veure un taulell, i al seu darrere un jove de rostre vulgar i granellut i més aviat gras que llegia un llibre bo i assegut. En sentir la campaneta de la porta, ni es va immutar. Sense mirar-nos, va dir:

—Sí? Què desitgen?

El pare no va respondre. Es va treure de la butxaca la dotzena de monedes d'or que hi duia i les va fer dringar damunt el taulell. En sentir el soroll, el jove va reaccionar per fi. I en veure les monedes va quedar blanc com el paper.

—Pe... però això és...?

—Són monedes d'or d'una puresa absoluta, amb més de dos mil anys d'antiguitat. Conec perfectament el seu valor; així que no intenti enganyar-me.

—No... No... De cap manera! —El jove, nerviós i tremolant com un flam, observava les monedes des de tots els angles, com si no donés crèdit als seus ulls. Després, va cridar l'amo de l'empresa, un home calb d'uns seixanta anys, que es va presentar com a Josep Deulofeu i que també va quedar amb la boca oberta en veure les monedes del pare.

—Jaume —va dir—, porta un imprès perquè aquest senyor el vagi omplint. Jo vaig a buscar els diners a la caixa forta.

Aviat va quedar enllestida la transacció i el pare s'embutxacà una gran quantitat d'uns bitllets que anomenen euros i que es veu que actualment són de curs legal en una bona part del continent europeu. Mentre el pare omplia l'imprès amb les seves dades, el nom, l'adreça —el pare havia vist que la nostra casa havia quedat encaixada entre els números 131 i 133 del carrer i havia posat a la nostra façana un 131 bis que feia molt de goig— i aquestes coses, el senyor Deulofeu li va dir:

—Evidentment, vull suposar que aquestes monedes tan... extraordinàries li pertanyen. No voldria haver d'assabentar-me per la premsa que s'ha produït un robatori en algun museu i que jo podria ser considerat com a còmplice.

Abans que el pare pogués respondre-li, em vaig avançar en un dels rampells que tants disgustos m'han donat:

—No s'amoïni per això. Són de la família des de fa molt de temps, aquestes monedes. De fet, en tenim moltes més al soterrani de casa. Moltíssimes més. I joies de tota mena dins de sis cofres ben grossos plens fins a dalt. No se les acabaria pas...

Tot just vaig acabar de dir aquestes paraules, ja em vaig adonar que m'havia ficat de peus a la galleda. Els dos homes que ens miraven rere el taulell restaren muts i bocabadats i el seu esguard va lluir d'una manera inquietant, com el d'un nen golafre a qui acabessin de regalar tota una botiga de llaminadures. El pare va signar el document i se'm va endur d'una revolada. L'esbronc, evidentment, no va trigar gaire a arribar:

—Francament, Serpentina, de vegades penso que només tens el cap damunt les espatlles per fer bonic! Per què havies de proclamar als quatre vents que tenim un tresor a casa?

—Em sap greu, pare, jo...

—Et sap greu, et sap greu... Sempre et saben greu les coses quan ja no hi ha res a fer. No t'adones del poder de la cobdícia? He escrit la nostra adreça en aquell document que m'han fet omplir i...

—Penses que aquells dos vindran a robarnos?

—Ells, personalment, no ho crec pas. Però no em semblen persones de fiar. Podrien llogar alguns trinxeraires perquè facin la feina bruta.

—Tens por que ens prenguin el tresor?

—No, tinc por del que pugui passar-los, als desgraciats que facin la bestiesa de venir a casa sense permís. I, sobretot, no vull tornar a tenir problemes el mateix dia que ens hem despertat... o l'endemà.

—Així doncs...

—Així doncs, calla! Necessito pensar i tenir preparat un pla, per si de cas.

I vam tornar a casa. El pare va dir que amb els diners obtinguts podíem viure tranquil·lament durant més d'un any sense haver-nos d'amoïnar per res, però que calia que ens comencéssim a integrar a la societat per tal de no fer parlar de nosaltres.

—La Serpentina i en Benvingut aniran a l'escola. Els farem uns papers segons els quals tenen onze i cinc anys, respectivament. Per tant, a la Serpentina li tocarà assistir a les classes de sisè de Primària.

—Sí, home! Ni parlar-ne, de passar-me el dia voltada de marrecs que són un grapat de segles més joves que jo!

—Però que tenen la teva edat mental, tot i que menys experiència. S'ha acabat la discussió!

Em vaig alçar emmurriada de la cadira i me'n vaig anar cap a la meva cambra a plorar una estona, que és una cosa que sempre em fa sentir bé en aquests casos, seguida pel Viscós, que volia consolar-me. Mentre avançava pel passadís, sentia la veu del pare, que continuava planificant la nostra «integració»:

—L'avi serà un jubilat. Anirà al casal del barri a jugar a petanca i a lligar amb les iaies.

—Escolta, gendre, vols saber què en penso, de les teves grans idees?

—Tu, Sarbatana, podries fer-te professora. Seria interessant tenir-te al mateix centre on estudiïn la Serpentina i en Benvingut, per tal que la vigilis de prop. Tu, Melisandra...

Vaig tancar la porta de la cambra de cop, i em vaig perdre la resta de la conversa. Treia foc pels queixals! Només em faltava

això, tenir la mare a sobre tot el dia en aquell coi d'escola on em tocaria anar a perdre el temps! És que el pare es pensava que només era capaç de fer bestieses, jo, i que necessitava una mainadera? Em vaig deixar caure al llit i m'hi vaig quedar fins que la mare em va venir a buscar per dinar. Vaig respondre amb veu seca:

—No tinc gana!

—Com vulguis, però he fet una recepta del segle XXI a base d'albergínies que té molt bona pinta.

—Tant se me'n dóna!

—Ah, molt bé! Per cert, de postres hi ha pastís de xocolata.

Llavors, em vaig empassar l'orgull i vaig baixar a taula. Contra un pastís de xocolata dels que fa la mare, tota lluita és inútil.

4

EL PROCÉS D'INTEGRACIÓ

Durant la tarda, el pare va fer gestions perquè en Benvingut i jo comencéssim a assistir l'endemà mateix a un centre d'Ensenyament Primari que hi havia a prop de casa. Va dir als responsables que veníem de l'estranger i que als «nens» els calia reprendre ràpidament els seus estudis. I no dubto que devia fer servir algun dels seus encanteris més subtils per tal d'accelerar tot el procés, perquè també va aconseguir que la mare hi comencés a treballar a partir de la setmana següent. Després, tots dos van visitar algunes botigues de la zona, per tal de fer-se veure i aparèixer davant de tothom com uns nous veïns cordials i, sobretot, normals. Tal com he dit, la gent que veia la casa tenia la impressió que sempre havia estat al lloc on ara s'alçava, però la presència dels seus habitants era tota una altra cosa, i el pare va continuar la història que ja li havia estat útil una estona abans a l'escola: la nostra família acabava d'arribar de l'estranger, concretament de Mèxic, on el besavi havia marxat en acabar la Guerra Civil, i ens havíem instal·lat a la vella residència familiar. El besavi havia mantingut viu el català durant els anys d'exili, i per això tota la família el parlava amb normalitat.

Mentrestant, l'avi, a contracor, obeïa el pare i visitava el casal de la tercera edat. Quan va tornar-ne, se'l veia prou engrescat: hi havia conegut una iaia molt eixerida que es deia Carme, que s'havia passat dues o tres hores ensenyant-li a ballar unes músiques que ell no coneixia i que s'anomenaven txa-txa-txa, rock-and-roll, bolero, mambo, foxtrot i què sé jo...

La tieta Melisandra, que sempre desconfia dels humans, va anar a fer un tomb (sense l'escombra, és clar), per detectar, tal com ens va dir, «possibles perills». I en Benvingut i jo ens vam quedar a casa, ajudant l'Aquil·les a treure la pols de tres segles i a preparar el sopar, mentre el Viscós anava amunt i avall de la casa, ficant-se enmig de totes les cames i fent-nos entrebancar, animat i juganer.

El sopar va ser tranquil i agradable. A l'hora de les postres, el pare ens va demanar silenci i va resumir la situació:

—Bé, família. De moment, tot va com una seda, però ens hem d'aprendre bé els nostres papers i cal que els representem amb solvència. Jo sóc un home de negocis, que treballa a casa, en connexió amb punts neuràlgics de tot el món. Així, la meva manca d'horaris fixos no cridarà l'atenció. Demà compraré un..., d'això, un ordinador i ens connectarem a Internet, per tal de donar cobertura a la meva història. La Sarbatana començarà a treballar dilluns com a mestra al col·legi dels nois. L'avi és un jubilat, i penso que avui ja s'ha estrenat amb els de la seva corda. Per cert, Cornucopi, podries parar una mica i deixar de fer el pallasso mentre parlo?

L'avi s'havia aixecat de taula tot just el pare començava el seu discurs i estava en un racó practicant uns passos de... Ah, sí, de mambo. Quan va sentir que li cridaven l'atenció, va deixar de ballar i va tornar a seure, tot escorregut. El pare se'l mirà durant uns segons i després prosseguí:

—La Melisandra treballarà com a caixera en un supermercat que hi ha a dues cantonades d'aquí. Demà faré les gestions, i els encanteris, que cal perquè l'acceptin i li facin el contracte.

La tieta es va alçar d'una revolada i va posar els punys damunt la taula mentre s'inclinava amenaçadorament cap al pare. No semblava gens contenta amb el seu paper.

—Que t'has begut l'enteniment, Arnau? Em veus de debò durant no sé quantes hores al dia fent anar una d'aquestes andròmines?... Com deia el Viscós que s'anomenaven? Ah, sí, una caixa enregistradora. I, a més, havent de somriure a aquests carallots d'humans! No, ni parlar-ne!

El pare no s'immutà i tornar a adreçar-se a la tieta, sense alçar gens la veu:

—Mira, Melisandra: d'entrada, faré que només hi treballis mitja jornada. A més, pensa que és un lloc estratègic per conèixer la gent que ens envolta. Allà escoltaràs moltíssimes xafarderies i aconseguiràs informació que ens pot ser molt útil per a la nostra vida quotidiana... i potser per a la nostra supervivència. Comptem amb tu, estimada. De fet, depenem de tu.

La tieta, afalagada, s'assegué novament, murmurant:

—Bé, si és així, d'acord. Ja saps que jo, per la família, faria qualsevol cosa.

—Molt bé, l'Aquil·les complirà com sempre les seves tasques de majordom, però, evidentment, pot sortir sempre que vulgui. És important que t'acostumis a aquest nou entorn: podries anar a comprar, a dur en Benvingut i la Serpentina a l'escola i a recollir-los...

—Cap problema —digué l'Aquil·les, tot fent una lleugera inclinació de cap.

Però jo sí que en veia un, de problema:

—No sóc cap nena, jo, perquè em portin de la maneta a l'escola!

—Oficialment tens onze anys, no te n'oblidis! —digué el pare, i vaig comprendre que això d'anar amunt i avall amb l'Aquil·les era innegociable i ningú no m'ho estalviaria. Així doncs, vaig optar per callar. El pare va quedar pensarós uns moments, i va dir, referint-se a en Benvingut, que estava jugant a estirar els tentacles al Viscós—: Aquest nano em preocupa més que la Serpentina. Espero que ella, després del numeret de les vaques, sabrà comportar-se en públic, però ell és massa immadur; només té cinc-cents anys, després de tot...

—Què vols dir, estimat? —preguntà la mare.

—Vull dir que, si bé en Benvingut no coneix encara prou encanteris, no sap teletransportar-se ni fer altres coses que requereixen concentració i que presenten una certa complexitat, és ben capaç de fer-ne alguna de grossa que ens posaria a tots en evidència...

—Com ara què? —tornà a preguntar la mare—. El reiet del meu cor es porta sempre la mar de bé. Oi que sí, bonic?

En Benvingut va fer que sí, molt seriós, com si no hagués trencat mai cap plat. A mi em van venir ganes de vomitar en veure aquella mostra d'hipocresia infantil. I val a dir que el pare tampoc no es va deixar enredar:

—A veure, Benvingut, reiet del cor de la mama... Vull que t'imaginis una cosa. Seràs capaç de fer-ho?

En Benvingut tornà a fer que sí amb el cap.

—Imagina, doncs, que som ja demà i ets a l'escola, dibuixant. T'agrada dibuixar, oi que sí?

—I tant!

—Ja ho sabia. De fet, les parets de casa també ho saben —no es va poder estar de comentar el pare. L'Aquil·les va fer un sospir, recordant segurament les vegades que havia hagut de netejar les obres d'art d'en Benvingut—. Doncs bé, estàs dibuixant amb uns llapis de colors molt bonics. T'ho imagines?

—Ja ho crec!

—Fantàstic. Doncs bé: arriba una nena i et pren el llapis amb què estàs dibuixant i, de passada, et llença tots els altres per terra. Tu què faries?

—La convertiria en un gripau! —va dir en Benvingut sense cap vacil·lació, molt satisfet d'ell mateix.

—Entens què volia dir, Sarbatana? —digué, triomfant, el pare, adreçant-se a la mare. I, tornant a mirar fixament en Benvingut, va continuar—: I ara imagina't que estàs parlant o fent xivarri a classe i que la professora et castiga de cara a la paret. Què faries, llavors?

En Benvingut tampoc no va tenir cap dubte aquest cop:

—La convertiria en una sargantana!

—Bravo, Benvingut. Exactament el que em pensava. Sarbatana, ja veus que cal prendre mesures preventives.

I abans que en Benvingut pogués dir res, el pare va moure les mans amb una velocitat prodigiosa i durant uns segons el meu germà va brillar molt intensament amb una lluïssor verda, abans de tornar a la normalitat. La mare es va indignar:

—Arnau, has estat capaç de fer un encanteri al teu propi fill?

—Un de petitet —es va justificar el pare—. A partir d'ara, serà incapaç de fer servir la màgia fora de les parets d'aquesta casa. Almenys fins que tingui una mica més de senderi.

En Benvingut va començar a plorar i a marranejar:

—No és just! No és just! Jo vull fer màgia a l'escola!

—És clar! —digué el pare—. I quina en seria la conseqüència? Hauríem passat dos dies al segle XXI i, au, tornem a clapar fins al segle XXIV, que no ha estat res!

—La gent d'aquest segle ja no crema vius els bruixots —va gosar dir tímidament la mare.

—No, potser no, però els fan coses pitjors, com fer-los sortir en aquests... *reality shows* televisius que ens va ensenyar el Viscós.

La mare, en sentir això, es va esverar i va decidir deixar de posar pegues:

—Benvingut, reiet, el pare té raó. Em sap greu que no puguis fer màgia fora d'aquí, però és pel bé de tots. Ja ho comprendràs quan siguis gran...

I aquí va acabar la discussió. El pare va dir que el millor era que anéssim tots a dormir, perquè el dia, amb tants canvis, havia estat molt intens i ens calia descansar. Mentre pujava escales amunt cap a la meva cambra, vaig veure que el pare s'enduia l'Aquil·les cap a un racó i li parlava a cau d'orella, però estava massa rebentada per sentir la meva curiositat habitual. Així que em vaig ficar al llit, em vaig adormir com un soc i no em vaig despertar gens en tota la nit, tot i que en somnis vaig sentir sorolls i una mena de crits. L'endemà vaig saber que els crits havien estat més reals del que em pensava i que aquella nit no havia estat plàcida i tranquil·la per a tothom...

5

Una nit agitada

Durant l'esmorzar, el meu germà i jo ens vam assabentar del que havia passat: segons vaig poder comprendre, aquella nit havíem tingut visites no desitjades.

—Què ha passat, pare? Qui eren? —vam preguntar excitadíssims en Benvingut i jo.

—Tranquils, no feu xivarri i us ho explicarem tot fil per randa —ens interrompé el pare—. Serpentina, recordes aquells dos individus a qui vam vendre ahir el grapat de monedes d'or? Aquells a qui vas explicar, amb el teu tacte habitual, que teníem tot un tresor al soterrani?

Em vaig posar vermella i em vaig voler fondre, mentre la mare, la tieta i l'avi em miraven sense dir res però de manera poc amistosa.

—Recordes que et vaig dir que no em refiava d'ells?

—S... sí.

—Doncs bé, tenia la sospita que voldrien fer-ne alguna de grossa, i que la farien ben aviat, abans no decidíssim canviar els... estalvis de lloc. Per això em vaig posar d'acord amb l'Aquil·les per fer guàrdia durant la nit.

—Ah, per això li parlaves a cau d'orella després de sopar.

—L'espera va ser força avorrida durant les primeres hores, però a les tres de la matinada començà el sarau. Vam veure, amagats en la foscor, com dos homes entraven a casa per la porta del darrere...

—Com la van obrir? —vaig preguntar interessada.

Fou l'Aquil·les qui respongué:

—Portaven eines adequades i no van fer gens de soroll. Eren uns rebentapisos professionals; es veia d'una hora lluny..., tot i que estiguéssim a les fosques, si em puc permetre aquesta paradoxa.

—Així doncs, no eren els homes de la botiga, el calb i el jove gras —vaig intervenir. El pare em donà la raó.

—No, aquells pocavergonyes no tenen prou valor ni traça per cometre un robatori ells mateixos. Deuen haver llogat un parell de pispes dels baixos fons, a canvi d'una part del botí.

—I si haguessin decidit quedar-se'l tot, els pispes?

—Probablement, els haurien denunciat a la policia, i els pispes ho sabien. Amb un negoci com el seu, hi deuen tenir contactes que els haurien cobert i, evidentment, s'ho devien manegar perquè no hi hagués cap prova de la seva relació amb els lladres.

—Amb els humans, no hi ha mai un pam de net! —exclamà la tieta.

—I així doncs, què vau fer? Els vau enxampar tan bon punt van entrar?

—No, Serpentina —respongué el pare—. Vam decidir que era més útil deixar-los fer i agafar-los in fraganti, i ens vam posar a espiar-los sense que ells se n'adonessin.

—A més, si el senyor em permet dir-ho, vam trobar que així seria més divertit. El senyor i jo de vegades trobem a faltar les nostres antigues aventures, abans que el senyor es casés amb la senyora. Recordo que un cop...

—Aquil·les, si et plau, no ens desviem del tema! Tal com deia, els vam espiar. Ja sabeu que jo tinc visió nocturna i en aquests casos em resulta molt útil: un d'ells era alt i cepat, amb una barba negra i arrissada; l'altre, baixet i rabassut, i duia una gorra vermella. S'il·luminaven amb unes petites llanternes i parlaven en veu molt baixa, però per als meus sentits hiperdesenvolupats era com si cridessin.

—Gendre, no siguis tan fatxenda —no es va poder estar de dir l'avi.

—Puc continuar, Cornucopi? Tinc el teu permís, estimat sogre? —va saltar el pare.

—I és clar, estimat gendre, continua la teva saga. Res més lluny de la meva intenció que interrompre't.

El pare clavà a l'avi una mirada mortífera de les seves i continuà:

—Els homes anaven parlant fluix fluixet, doncs, i deien coses com: «Manel, vols dir que aquesta feina és tan segura com ens han dit?». Això ho deia el baixet. El cepat responia: «No siguis gamarús, Quico! En aquests casalots antics, els dormitoris són al pis de dalt. Si ens movem en silenci, no ens sentiran. Només hem de buscar l'accés al soterrani, i llavors... farem molts diners!». Els dos homes van travessar la sala i van veure les tres portes que tots sabeu que hi ha just al seu davant. Va semblar que vacil·laven durant uns instants. «I ara què fem?», va dir el que es deia Quico. «Això sembla un d'aquells concursos de la tele. Quina porta triem?» «Què hi fa! Si ens equivoquem ja tirarem enrere. Aquesta mateixa», va respondre en Manel, i va triar la porta del mig. Greu error.

—Per què? —vaig preguntar, sense poder parar quieta a la cadira.

—Era la cambra que el Viscós havia triat per dormir.

Al Viscós li agradava dormir penjat del sostre amb un tentacle, com un ratpenat. Em vaig imaginar el que devia haver passat i em van venir ganes de riure. El pare va continuar:

—En Manel va dir: «Apaguem les llanternes, per si de cas». I va obrir la porta molt a poc a poc. Va avançar lentament cap a l'interior de l'habitació, seguit per en Quico, fins que es va aturar de cop. En Quico, que l'estalonava, va topar contra la seva esquena. «Què passa?», va preguntar. I en Manel digué: «He tocat alguna cosa. Sembla molla i tova. No sé què pot ser». I va encendre la llanterna.

—Sí, llavors va ser quan vam sentir els crits —va dir la tieta, i l'avi i la mare van assentir.

—Això mateix. Va xisclar com un porc, el tal Manel. I l'altre, així que va veure el que havia vist el seu col·lega, s'hi va afegir. Ara, cal dir que els comprenc: trobar-se de sobte amb el Viscós penjat del sostre, que els mira amb l'ull obert i que els toca la cara amb els tentacles...

—Això ho fa per fer petonets. El Viscós és molt bo —va protestar en Benvingut.

—Sí, és clar, però això aquells dos no ho sabien. Van sortir cames ajudeu-me cridant com desesperats i van tornar a travessar la sala en direcció a la porta de sortida. Però allà els estava esperant l'Aquil·les.

—I val a dir —explicà l'Aquil·les amb satisfacció— que havia tingut una gran idea. Abans de començar la guàrdia, havia anat a buscar a l'armari les meves coses de temps enrere, les meves armes: l'escut, la llança, el casc i tota la resta.

—Ara ho entenc —vaig dir—. Em preguntava per què havies baixat a esmorzar disfressat d'aquesta manera.

—Veure de sobte l'Aquil·les vestit per anar a la guerra de Troia escagarrina qualsevol que no hi estigui preparat —confirmà el pare—. Aquells dos es van trobar de sobte la porta de sortida barrada per un homenot

de dos metres d'alçada, armat fins a les dents, que els cridava: «Miserables mortals! Com heu gosat violar aquesta llar protegida pels déus? Us arrossegaré cap a l'Hades, el reialme dels morts, i sofrireu horribles turments durant tota l'Eternitat!».

—Ho vaig fer bé, oi, senyor? —va dir l'Aquil·les, visiblement pagat de si mateix.

—T'hauries de dedicar al teatre. Aquells dos van xisclar encara més fort i van girar cua, sense tenir la més petita idea d'on anaven, buscant només una finestra, un forat, qualsevol cosa que els permetés fugir d'aquí. Estúpidament, van pujar per l'escala fins al primer pis. El cervell ja no els devia funcionar gaire bé... I, evidentment, van tornar a espifiar-la.

—Què van fer? —vaig voler saber.

—Es van ficar a la meva cambra —digué la tieta Melisandra—. Els crits i tot l'enrenou m'havien despertat i m'acabava d'alçar del llit quan la porta es va obrir i em vaig trobar al davant aquells dos tòtils. Abans de pensar-m'ho, vaig fer l'encanteri de la transformació.

—Oh, no, tieta! És horrible!

—Sí, ja ho sé, gràcies, Serpentina. Ets molt amable.

L'encanteri de la transformació feia que les víctimes ho veiessin tot —persones, animals o coses— convertit en monstres esgarrifosos. El llit els devia semblar un drac, l'armari una rata gegant, i la tieta... no vull ni pensar-ho! El pare va reprendre la narració.

—Van fugir de l'habitació de la Melisandra com un llamp i van tornar a baixar les escales. Bé, en realitat van rodolar per les escales... i van caure al pou de l'avi.

—No!

—Sí!

—L'Aquil·les i jo vam avançar cap a la boca del pou per saber si s'havien fet mal, però ens vam tranquil·litzar en sentir veus. En Manel deia: «On som? On som? He perdut la llanterna. No veig res. Alguna cosa es mou per aquí». I en Quico responia, amb veu tremolosa: «No... No tinguis por... Jo encara tinc la meva, de llanterna. Ara mateix l'ence... AAAAAH!». I els crits van recomençar, evidentment.

L'avi té un hobby molt especial: col·lecciona aranyes i serps enormes. Les guarda en un pou al qual s'accedeix per un forat que hi ha a terra, en un racó de la sala. Havia fet que passessin la gran dormida en estat d'hibernació i tot just es devien estar revifant. Les bestioles, en aquest estat, eren inofensives, però els qui hi van caure enmig no ho sabien. El pare ho va confirmar:

—Quan l'Aquil·les i jo els vam treure del pou semblaven més morts que vius. Els cabells se'ls havien tornat blancs, i els pèls de la barba d'en Manel també. Vam lligar-los de peus i mans en un parell de cadires i vam mirar de revifar-los com vam poder per poder-los interrogar al més aviat possible.

—Les meves pobres mascotes! —va dir de sobte l'avi amb posat trist—. En van aixafar unes quantes, aquells pocavergonyes, en caure al forat! I tu, estimat gendre, encara vas voler que els preparés alguna cosa de menjar.

—I els vas preparar una sopa excel·lent per revifar-los, no cal dir-ho!

—És una de les meves receptes preferides —es queixà l'avi.

—Però no és gaire valorada pels humans. I tu ho saps.

—Avi —vaig intervenir—, no els devies pas fer la sopa de...?

L'avi va fer una rialleta per sota el nas, com en Benvingut quan l'enxampen després d'haver trencat un vidre.

—Sí, Serpentina, sí! —va confirmar el pare—. El meu estimat sogre els va preparar amorosament la seva famosa sopa d'ulls de granotes gegants de l'illa Montserrat. Quan vaig sentir els crits i vaig córrer cap a on teníem lligats aquells dos, en Cornucopi ja els n'havia fet empassar unes quantes cullerades, tot triant els ulls més grossos, mentre anava dient: «Aquesta per al papa, aquesta per a la mama...». Feina vam tenir, l'Aquil·les i jo, perquè no es tornessin a desmaiar.

—Però, ai las, no vam poder evitar que vomitessin damunt la catifa persa —va dir, compungit, l'Aquil·les. El pare no va fer cas de la remarca.

—En tot cas, aviat vam poder parlar amb ells i estaven tan espantats que les respostes arribaven gairebé abans que els féssim les preguntes. Sí, havien estat llogats pels nostres amics compradors d'or, que els havien ofert un cinc per cent del botí.

—Aquells dos cràpules devien saber que sospitaríem d'ells —va dir la tieta.

—Però estaven convençuts que no aniríem a la policia. Un tresor com el nostre, devien pensar, amb monedes tan antigues i valuoses com les que els vam vendre, no devia ser una propietat legal, i preferiríem arribar a un acord directament amb ells, abans que deixar que l'Estat fiqués el nas en els nostres assumptes. Això ens van dir en Manel i en Quico. Són llestos, en Deulofeu i el seu ajudant.

—Què n'heu fet, dels dos pintes? —vaig voler saber.

—Oh, ja no els necessitàvem —respongué el pare—. Els hem deixat anar. Els volia fer un encanteri d'oblit, però la Melisandra tenia ganes de jugar...

—Oh, no ha estat res —va dir la tieta—. Durant dues hores creuran que són ximpanzés. A hores d'ara, deuen estar enfilant-se pels arbres del passeig. En tot cas, quan tornin a ser ells mateixos...

—Possiblement es trobaran que porten posada una camisa de força —digué el pare.

—...quan tornin a ser ells mateixos, no recordaran res de la visita que ens han fet, ni res del que han vist en aquesta casa.

—Bé, i ara què fem, amb els compradors d'or? —vaig voler saber.

—De moment res —digué el pare—. A ells no els interessa cridar l'atenció, a nosaltres tampoc. De moment, farem la nostra, els ignorarem i esperarem esdeveniments. Quan vegin que el seu pla ha fracassat, o bé ho deixaran córrer o bé en prepararan un altre. En aquest cas, no ens trobaran pas indefensos. I ara, Aquil·les, porta la Serpentina i en Benvingut a l'escola.

—Sí, senyor.

—Ah, Aquil·les, per cert...

—Sí, senyor?

—Abans de sortir de casa, fes el favor de canviar-te de roba. No crec que arribar a l'escola vestit de guerrer aqueu sigui la millor manera de fer que els nens passin desapercebuts durant el seu primer dia de classe.

6

El primer dia d'escola

El nostre primer dia d'escola va ser força interessant. La primera cosa positiva que em va passar va ser que em van separar d'en Benvingut. Ell va anar amb els petits de P5, tot rondinant encara per la seva impossibilitat de fer màgia, i jo, amb els grans. Em van asseure al costat d'un noiet ros bastant bufó. El problema és que s'ho creia, això que era bufó, i va començar ja d'entrada amb uns aires de suficiència que em van fer pujar la mosca al nas. La mestra era una noia força agradable, però, pel que vaig veure, no era cap llumenera. Va creure necessari presentar-me a la resta de la classe:

—Donem la benvinguda a una nova companya. Es diu Serpentina i tot just ha arribat de Mèxic amb la seva família, però parla perfectament el català. Hem de mirar de ser molt amables amb ella i intentar que es trobi a gust amb nosaltres. D'acord?

—Sííííí!

Tots els nens i les nenes van respondre amb convicció, llevat del meu company de pupitre, que em mirava com si fos un moc caigut al mig de la vorera. Per fi, es va dignar parlar-me:

—Així que ets estrangera?

—Diguem-ho així.

—El meu pare diu que els estrangers són una plaga, que vénen aquí a menjar-se el nostre pa.

—El teu pare, el dia que van repartir els cervells, devia tenir la grip i es va haver de quedar a casa.

El rosset, que era un capsigrany més gran del que m'havia imaginat, es va quedar uns segons parat, intentant saber si el que li havia dit era bo o dolent. Per fi va reaccionar:

—Què has volgut dir amb això?

—Que el problema mental del teu pare és hereditari.

No sé què m'anava a respondre, perquè en aquell moment la professora, que estava apuntant la data a la pissarra, es va girar i ens va dir:

—Serpentina, Kevin, silenci, que comencem la classe!

Kevin, aquell carallot es deia Kevin! Dissimuladament, em va fer una pessigada al braç, amb mala bava. Em van venir unes ganes boges de convertir-lo en suricata, però vaig pensar en la cara que faria el meu pare en assabentar-se'n i em vaig contenir. La mestra va començar una classe de matemàtiques d'un nivell baixíssim. Estava a punt de fer un badall impossible de contenir, quan es va adreçar a mi:

—Serpentina, vols sortir a la pissarra, vejam com portes això de les operacions aritmètiques?

Vaig alçar-me i, en ser davant de la pissarra, vaig agafar un guix. La mestra va escriure una sèrie d'operacions dignes del nivell mental d'un musclo, que vaig resoldre en un tres i no res.

—Molt bé, Serpentina. Veig que no has perdut el temps al col·legi on anaves. Nens i nenes, va: diguem ben fort «Molt bé, Serpentina!».

Tots els nens van cridar «Molt bé, Serpentina!», però jo tinc l'oïda fina i, barrejat amb el crit quasi unànime, vaig sentir que algú deia «Mala bruixa!». Era en Kevin, evidentment. De primer, em vaig espantar. Com ho podia saber ell, que jo era allò que els humans anomenen una bruixa? Però de seguida em vaig adonar que es tractava d'un insult com un altre. De tota manera, aquell nano començava a tocar-me la moral d'una manera considerable. Com que ja estava tipa d'aquella classe, vaig dibuixar en el rostre el meu somriure més ingenu i encantador i em vaig adreçar a la mestra:

—Professora, li puc fer una pregunta?

—I és clar que sí, Serpentina. Què vols?

—Vostè en sap molt, de mates, oi?

—És clar, els mestres hem de saber de tot.

—I de teoremes, en sap?

—Tu... Tu ja saps què són els teoremes?

—És clar. El de Pitàgores és molt bonic.

—Ah, és clar, el de Pitàgores el coneix tothom. Que saps com fa?

—I és clar: en un triangle rectangle, la suma dels quadrats dels catets és igual al quadrat de la hipotenusa.

—Molt bé! Ets una nena molt llesta i molt estudiosa!

—M'agraden molt els teoremes, però hi ha alguna cosa que encara no entenc. Que em podria ajudar?

—Evidentment.

—Doncs, miri, li ho posaré a la pissarra.

I, amb decisió, vaig escriure el següent:

Si n *és un nombre enter més gran que 2, llavors no existeixen nombres enters* a, b *i* c tals que es compleixi aquesta igualtat *(si* a, b *i* c *no són nuls)*: $a^n + b^n = c^n$.

—Que em podria demostrar aquest teorema, senyoreta? Jo no sé pas com fer-ho.

La mestra i tots els nens —incloent-hi el talòs d'en Kevin— van quedar amb la boca oberta i el silenci era tan espès que es podia tallar amb un ganivet. No em va estranyar gens: havia escrit a la pissarra el teorema de Fermat, creat unes dècades abans de la nostra gran dormida i que no va poder ser demostrat —segons les informacions enciclopèdiques que ens havia injectat el Viscós— fins al 1995. Evidentment, la mestra no n'havia ni sentit a parlar, de Fermat, però no va voler reconèixer les seves limitacions davant de tota la classe. Es va posar molt pàl·lida i s'ho va llegir diverses vegades mentre tota la colla esperava amb expectació. Jo somreia angelicalment, però per dintre m'ho estava passant de meravella. Allò, en tot cas, no era cap encanteri, sinó matemàtiques, i el pare no em podria venir amb històries. Per fi, la mestra es va girar cap a nosaltres i va dir:

—Nens, avui us deixo sortir al pati una mica abans. Mentrestant, em quedaré a classe a fer unes quantes operacions.

Tots van cridar «Visca!» i van sortir de l'aula com cabretes boges. Jo m'ho vaig prendre amb més calma, i mentre passava per la porta vaig dir a la mestra, amb una veu més dolça que la mel de romaní:

—Quan tornem del pati ho haurà resolt, oi? Vostè en sap molt, de mates...

—Sí, sí, és clar. Ara vés a jugar —va respondre la mestra, amb el rostre desencaixat.

En arribar al pati, unes nenes se'm van acostar amb la idea de fer amistat. Jo vaig intentar ser amable amb elles, però m'avorrien sobiranament, amb les seves Barbies, els seus ponis ridículs de color rosa i les seves Hello Kitties. Quan em vaig allunyar d'elles amb una excusa que ja no recordo, vaig sentir que algú m'agafava bruscament pel braç. No podia ser cap altre que en Kevin.

—Et creus molt llesta, oi? Véns de qui sap on, portant vés a saber quins microbis que ens faran posar a tots malalts, i et vols fer la reina de l'escola? Doncs vés amb compte o acabaràs rebent!

—Tu series capaç de pegar a una nena? —li vaig preguntar amb veu falsament poruga i tremolosa.

—I és clar que sí, i encara més a una estrangera com tu.

—És bo saber-ho —vaig respondre, deixant de dissimular—. Així no em penediré de fer el que tinc moltes ganes de fer.

—I què tens tantes ganes de fer? —em va preguntar, burleta.

Em vaig assegurar que ningú, ni els alumnes ni el mestre que vigilava el pati, no ens mirava, i vaig respondre:

—Això!

Amb la velocitat del llamp, el meu genoll va sortir disparat cap a l'entrecuix d'en Kevin i va encertar plenament aquell lloc que als nois els fa tant i tant de mal quan hi reben un cop. «És el taló d'Aquil·les dels mas-

cles», vaig pensar, tot recordant el nostre majordom. El rosset insuportable va caure a terra com un sac de patates, en posició fetal i recargolant-se de dolor. Jo em vaig ajupir i li vaig dir a l'orella:

—Suposo que no ho diràs a ningú, oi? Si tothom s'assabentés que una nena t'ha deixat en aquest estat, seria molt dolent per a la teva reputació.

I me'n vaig anar mentre el mestre de guàrdia, que per fi s'havia adonat de l'estat d'en Kevin, corria cap a ell. «Me n'he sortit prou bé, sense màgia», vaig pensar. «Encara m'ho passaré bé, en aquesta escola.»

Quan va sonar el timbre, vam tornar tots cap a l'aula —en Kevin encara caminava garrell— i ens vam trobar un espectacle inesperat: la nostra senyoreta, acompanyada per quatre o cinc mestres més, discutien esverats davant la pissarra mentre escrivien nombres febrilment, ara l'un, ara l'altre. En veure que arribàvem, van aturar la discussió i els altres membres del cos docent es van acomiadar i van desaparèixer:

—Bé, marxem, que tenim classe.

—Esperem que te'n surtis.

—Que no et passi res, Mercè.

—Pobra noia!

La Mercè —és a dir, la nostra mestra— em va mirar amb cara de terror, sense saber què dir, mentre tots els altres nens es mantenien a l'expectativa. Jo vaig considerar que la tortura ja havia durat prou i vaig decidir fer una mica de trampa, esperant que el pare no se n'assabentés. Vaig pronunciar en veu baixa un petit encanteri i tot seguit vaig cridar:

—Heu vist quin ocell tan gros hi ha davant de la finestra?

Tots els caps es van girar per veure l'ocell inexistent i, mentrestant, les lletres i els nombres de la pissarra van desplaçar-se i es van transformar a gran velocitat, seguint les meves indicacions. Llavors vaig exclamar:

—Senyoreta, ja sabia que vostè ho aconseguiria! Moltes gràcies! Ara mateix m'apunto la solució a la llibreta.

La mestra, sense entendre res, es va girar cap a la pissarra i per poc que no cau de cul en veure-hi escrita la demostració del teorema de Fermat publicada el 1995 per Andrew Wiles. Pobra Mercè! No se'n sabia avenir. Tota la classe es va posar a aplaudir. Ella, molt blanca, va asseure's a la cadira i va dir:

—D'a... d'acord. I ara, deixem les matemàtiques, i fem una mica de llengua.

La resta del dia va transcórrer sense que passés res d'especial. En Kevin em deixava en pau —de fet, fugia de mi com de la pesta—, i quan no tenia altre remei que seure al meu costat, es posava tan a l'extrem del pupitre que més d'un cop va estar a punt de caure de cul a terra. A les cinc de la tarda, vam recollir les coses i vam sortir al carrer.

Per l'escala em vaig trobar amb en Benvingut, que semblava encara més emmurriat que de bon matí.

—Hola, Benvingut! T'ho has passat bé a classe? —li vaig dir, amb tota la mala idea.

No em va respondre, però amb la mirada que em va clavar ja n'hi havia prou. Penso que el pare tenia raó: si no li hagués impedit fer màgia de manera expeditiva, l'au-

la de P5 s'hauria omplert de ratolins, granotes i altres bèsties, i les mares que passaven a recollir els seus fills haurien tingut autèntiques dificultats per reconèixer-los. Alguns potser haurien hagut de tornar a casa dins una peixera i no haurien pogut fer els deures, per culpa de tenir aletes en lloc de mans.

A l'entrada, ens esperava l'Aquil·les, somrient. Ens va saludar amablement, ens agafà de la mà, ens va posar un a cada banda, jo a la seva dreta i en Benvingut a l'esquerra, i vam començar a caminar. Al cap d'uns moments, ens va dir:

—I ara, abans d'anar cap a casa, i després d'una intensa feina intel·lectual, penso, si se'm permet dir-ho, que el millor seria anar a prendre un bon berenar.

A en Benvingut se li van il·luminar els ulls i li va passar de cop el mal humor.

—Sí, Aquil·les! Visca! Anem a berenar! Jo vull xocolata desfeta.

—Molt bé, senyor Benvingut. I a vostè, Serpentina, què li vindria de gust?

Vaig sospirar. No hi havia manera que l'Aquil·les ens tractés de tu. I això que no havia viscut despert l'època daurada dels majordoms anglesos del segle XIX! Penso que s'hi hauria trobat de gust, en aquell ambient, entre Sherlock Holmes i Jack l'Esbudellador. Li vaig respondre:

—Oh, qualsevol cosa m'anirà bé. Amb una ensaïmada ja faré.

—Molt bé. Anem-hi doncs. Ahir vaig descobrir una granja molt agradable, però queda una mica lluny d'aquí. Agafarem un taxi. Taxi!

Va fer un gest cap al carrer just en el moment que un taxi s'acostava a nosaltres per darrere. Ja era casualitat. Casualitat? Vaig arrufar el nas. Vaig recordar que en el moment de sortir de l'escola hi havia un taxi aturat a la vorera del davant. Que potser ens havia estat seguint? Vaig sacsejar amb força el cap per treure'm de dins les males idees. Era massa imaginativa, jo, i sempre buscava tres peus al gat. El taxi es va aturar, i tots tres vam pujar al seient del darrere.

Els vidres dels costats eren fumats. Era habitual en els taxis, allò? L'Aquil·les va donar l'adreça al conductor i el taxi va engegar. Uns minuts després, va enfilar per un carreró. L'Aquil·les es va estranyar.

—Vol dir que és per aquí, per on hem d'anar?

—És una drecera. Els faré estalviar uns calerons.

Em vaig sobresaltar. Aquella veu em resultava familiar, però de què em sonava? Abans que pogués pensar-hi detingudament, el cotxe es va aturar al mig del carreró desert. L'Aquil·les va tornar a parlar, molest:

—I ara per què ens aturem?

—Aquest cotxe del dimoni! —va remugar el conductor—. Darrerament, em fa males jugades com aquesta... L'haig de portar a revisar. D'això, senyor —va dir, adreçant-se a l'Aquil·les—, que podria baixar i empènyer una mica, per tal que pugui tornar a engegar aquest coi de motor? Sembla molt fort, vostè.

—Escolti, que jo pago per anar dins d'un taxi, no pas per empènyer-lo.

—Li faré un descompte.

—Bé, d'acord —remugà l'Aquil·les, i baixà del cotxe.

El taxista digué, traient el cap per la finestra:

—Quan digui tres, comenci a empènyer, d'acord?

—D'acord!

—Un, dos...

Quan el taxista treia el cap, el vaig veure de perfil i vaig saber per fi qui era. I tant, que el coneixia! Vaig voler avisar l'Aquil·les:

—Aquil·les, vigila, és una trampa! És...

Però ja era massa tard: en Jaume —perquè el taxista era en Jaume, el jove gras de la botiga on van comprar les monedes al pare— va engegar el cotxe abans de dir «tres» i l'Aquil·les, que es repenjava cap endavant per començar a empènyer, va caure de morros a terra. Mentre el cotxe accelerava, vam sentir la seva veu:

—Ei, aturi's! Aturi's, maleït siga!

—Sí, creu-t'ho que m'aturaré —va dir en Jaume, i va incorporar-se a una avinguda amb relativament poc trànsit, on va poder córrer encara més. Això de córrer, l'Aquil·les ho sabia fer molt bé: a l'època de la guerra de Troia l'anomenaven «Aquil·les, el dels peus alats». Però a l'època de la guerra de Troia no hi havia automòbils. Aquell miserable d'en Jaume va prémer un botó i s'alçà una pantalla de vidre negre que va separar els seients del davant del cotxe dels seients del darrere. En Benvingut estava espantat:

—Què passa, Serpentina? Per què ha marxat l'Aquil·les? Què és aquest vidre?

—Vidre de seguretat, noiets. És car, però efectiu.

Vaig intentar obrir la porta del cotxe. No hi havia manera.

—Portes bloquejades —va dir-me en Jaume, en adonar-se dels meus intents—. No t'esforcis, que no en trauràs res. Val més que siguis bona nena i em deixis conduir tranquil.

Bona nena? I un rave! Ara veuria aquell cretí de quina pastava jo era feta! Ja estava a punt de fer un encanteri que l'hauria deixat garratibat quan em vaig contenir. Al pare no li agradaria gens que manifestés les meves habilitats a menys que la situació fos desesperada. I aquell individu no en sabia res, dels meus poders. Es pensava que havia segrestat un nen i una nena normals i corrents, i això em donava un considerable avantatge. Vaig decidir seguir-li la veta i veure on ens portava. A més, allò era una aventura, i a mi les aventures sempre m'han agradat, sobretot si jo en puc ser la protagonista. Vaig respondre, tot fent veu de víctima:

—D'acord, senyor, faré bondat, però no ens faci mal.

—Ningú no us farà mal, si feu allò que se us digui. I ara, muts i a la gàbia!

En Benvingut em va mirar sorprès.

—Però, Serpentina, per què el deixes fer? Li podries...

—Xsst! Ja sé el que em faig —vaig respondre en veu baixa. En Benvingut em va mirar amb cara d'incredulitat, però em va fer cas i va renunciar a fer preguntes.

El taxi va sortir de la ciutat, i després de fer uns quants quilòmetres de carretera va enfilar per un camí sense asfaltar. Poc després, arribàvem a una casa aïllada, mig oculta pels arbres. A la porta, ens esperava el vell de la botiga. En Jaume va sortir del taxi i va anar cap a ell parlant molt animadament:

—Senyor Deulofeu, tot ha sortit com ho havíem planejat! Tinc aquí els dos marrecs, i m'he desfet del goril·la que els havia anat a buscar.

—Perfecte, Jaume. Ja ho sabia, jo, que ens n'havíem d'encarregar nosaltres mateixos, d'aquest afer. Quan aquells dos imbècils se'ns han presentat aquest migdia explicantnos sopars de duro, m'he dit: «Josep, si vols estar ben servit, fes-te tu mateix el llit».

—Però què els deu haver passat, a aquells dos? Ha vist els seus cabells? I deien que no recordaven res del que havien fet la nit passada...

—La fortuna que hi ha en aquella casa deu estar molt ben guardada. Segur que hi han posat paranys sofisticats. Potser han rebut una descàrrega elèctrica: un xoc pot provocar una pèrdua de memòria, i els cabells es poden tornar blancs a causa de l'ensurt. En tot cas, això és el que m'ha donat la idea: Mahoma no anirà a la muntanya, sinó que la muntanya vindrà a Mahoma.

—I qui és Mahoma?

—Nosaltres, és clar!

—Però Mahoma és un de sol, i nosaltres som dos.

—És una metàfora! Tant li fa, que hi hagi només un Mahoma o que siguin vint-i-quatre!

—Ah! —va dir en Jaume, no gaire convençut—. I la muntanya, què és?

—El tresor, imbècil! Au, fes entrar aquells dos i no em facis sortir de polleguera. De vegades penso que no ets més ruc perquè no t'entrenes prou!

—Sí, senyor Deulofeu.

En Jaume va obrir una de les portes del taxi i ens va fer sortir.

—Au, entreu a la casa, i no intenteu res ni feu cap bestiesa si no voleu rebre.

En Benvingut em va mirar amb aire suplicant, esperant algun encanteri per part meva:

—Serpentina?

—Calla, Benvingut. Fem el que aquests senyors ens diuen.

I vam ficar-nos a la casa. Era una casa vella, força atrotinada. El terra, de fusta, grinyolava sota els nostres peus. En Jaume, seguit del senyor Deulofeu, ens va fer entrar en una cambra on hi havia un llit i una butaca. A més, en un recambró hi havia un bany. L'única finestra tenia reixes metàl·liques. El senyor Deulofeu es va adreçar a nosaltres per primera vegada:

—Aquí estareu còmodes. No cal amoïnar-se. Si el vostre pare i jo ens posem d'acord, aviat tornareu a veure la vostra família.

—I si no? —vaig preguntar.

—No diguis bestieses, nena! —va respondre, irritat, en Deulofeu—. El teu pare voldrà fer negocis amb mi, ja ho veuràs.

En Jaume va entrar a la cambra portant una ampolla d'aigua i una plata plena de sandvitxos. En Benvingut, que s'havia quedat sense xocolata desfeta, s'hi va abraonar.

—I ara us deixem. Feu bondat! —digué en Deulofeu. Ell i en Jaume van sortir de la cambra i vam sentir el soroll que feia la clau al pany.

—Ens han deixat tancats —vaig murmurar.

—Mdequèmvatommaixò? —va preguntar-me en Benvingut, amb la boca plena.

—Aquests canalles volen el tresor de la família. Van enviar aquells esbirros a casa la nit passada per robar-lo, però van fracassar, i ara ens volen utilitzar a nosaltres com a moneda de canvi.

—Què vols dir?

—Diran al pare que ens deixaran anar si ell els lliura el tresor.

—I si no ho fes?

—El pare, per nosaltres, ho faria tot. I ells intueixen que, un cop fet l'intercanvi, a la nostra família no li interessarà acudir a la policia. Per tant... Per tant, cal resoldre aquesta situació abans. Benvingut, me'n vaig a casa a parlar amb el pare abans que aquells dos no contactin amb ell. Com que a casa encara no hi ha cap telèfon, hauran d'enviar una carta o un missatger, i això em dóna un cert marge. L'Aquil·les ja l'haurà posat al corrent de la situació a hores d'ara.

—I jo? No em deus voler deixar aquí tot sol!

—És necessari. Però serà només una estona. Confies en mi?

—S... sí —va respondre en Benvingut, sense una convicció excessiva.

—Bé, doncs jo em teletransporto a casa, i aviat tindràs una sorpresa.

—Quina sorpresa?

—Si t'ho digués no seria una sorpresa, oi?

—No... Suposo que no. Escolta.

—Què?

—Em puc menjar també els teus sandvitxos?

—I és clar que sí, capsigrany! Au, fins aviat.

El principi és senzill: descompons el teu cos en molècules, les transportes a on vols a la velocitat de la llum i les tornes a muntar com un puzle quan hi arribes. De fet, no és ni màgia; només cal tenir-hi una certa habilitat, i formar part d'una de les antigues famílies, és clar. De fet, la màgia d'ahir és la ciència d'avui, i la màgia d'avui és possiblement la ciència de demà. Però, al llarg dels segles, els humans han tendit a espantar-se d'allò que no entenen i els que hem estat etiquetats com a bruixes i bruixots sovint les hem passades magres. Bé, ja ho sé, perdoneu, sempre tendeixo a enrotllar-me massa i acabo perdent el fil. Per on anava? Ah, sí! Vaig desaparèixer de la cambra on ens havien deixat tancats i en un tancar i obrir d'ulls ja era a casa. El pare, assegut a la butaca, escoltava les explicacions de l'Aquil·les. Se'l veia esverat, l'Aquil·les, molt esverat...

—M'he deixat enredar com un vailet! Sort que l'astut Ulisses no ha vist la meva humiliació!

—Aquil·les —va interrompre'l el pare—, no ha estat culpa teva. I pel que fa a Ulisses, amb tota la seva astúcia, en acabar la guerra de Troia es va passar anys i panys perdut per un bassalet com és el Mediterrani, incapaç de trobar el camí de casa, o sigui que...

—Sí, això també és veritat —reconegué l'Aquil·les, un xic alleujat—. Però i la Serpentina i en Benvingut? No m'ho perdonaria mai, si els passés alguna cosa...

—Tranquil, Aquil·les —vaig dir, mentre avançava cap a ells—. No ens passarà res, t'ho asseguro.

—Serpentina! —van cridar alhora el pare i l'Aquil·les, mentre corrien cap a mi i m'abraçaven, tot fent-se un embolic amb els seus quatre braços.

El pare preguntà:

—I en Benvingut?

—Es troba bé. Ens han dut a una casa, enmig del bosc, als afores de la ciutat. Està tancat en una habitació, però té menjar i beure.

—I com és que no s'ha teletransportat amb tu? —va preguntar l'Aquil·les.

—La culpa és meva —digué el pare en un to amarg a la veu—. No recordes que li vaig anul·lar els poders mentre fos fora de casa perquè no fes bestieses a l'escola i ens posés en evidència?

—I vas fer molt bé, pare —el vaig voler tranquil·litzar—. Si no ho haguessis fet, demà no hauríem pogut tornar a aquella escola, t'ho puc ben assegurar.

L'Aquil·les estava agitat:

—Bé, però, i ara què fem? L'anem a buscar?

—Sense els seus poders, no el puc escanejar i localitzar. En aquests moments, a efectes pràctics, és un nen humà normal i corrent. Serpentina, podries trobar la casa?

—Els vidres laterals del taxi eren foscos, i també el que ens separava del conductor.

No sabria dir per on vam anar. Podria haver fet un encanteri de seguiment, però en aquell moment, amb la sorpresa i els nervis, no hi vaig caure. Em sap greu.

—No t'amoïnis —digué el pare—. Tinc un pla. Avisa la resta de la família i us explicaré què farem.

Vaig anar corrent cap a l'escala, i vaig cridar ben fort, perquè em sentissin tots:

—Reunió familiar! Ara mateix!

Confesso que sempre havia tingut ganes de dir-ho!

7

Reunió familiar

Hi havia un gran enrenou a la sala: la mare i la tieta, que acabaven d'assabentar-se dels fets, parlaven sense aturador, amoïnades per la sort d'en Benvingut:

—Fillet del meu cor! L'hem de trobar! Vés a saber què li poden fer, aquells malànimes!

—Si li toquen ni que sigui un cabell, al meu nebot, se les hauran amb mi, i t'asseguro que desitjaran no haver nascut!

—Noies, una mica de calma! —cridà el pare—. Serpentina, on és el teu avi?

—No ho sé pas; no era a la seva cambra.

—No se'l troba mai, quan el necessites, aquest home!

—Arnau, deixa de ficar-te sempre amb el meu pare.

—I ell, que no es fica amb mi?

—Caram, sembleu gat i gos. Potser que afluixeu algun dia!

La discussió podia haver continuat, però en aquell moment vam sentir com s'obria la porta del carrer. La mare somrigué alleujada.

—Mira, deu ser ell.

I vam sentir unes passes lleus que pujaven l'escala que duia al primer pis. El pare, gràcies als seus sentits aguts, va comprendre aviat que alguna cosa no anava a l'hora:

—Hi ha dues persones a casa; no pas una.

—Vols dir que se'ns han ficat a casa un altre cop aquells dos individus?

—Ara mateix ho veurem! —respongué el pare, i sortí disparat de la sala, seguit per tots nosaltres.

En arribar al peu de l'escala, quedà sorprès. Tant com la resta de nosaltres. Sí que era l'avi qui havia arribat, i estava pujant de puntetes cap a la seva cambra, agafat de la mà amb una dona de cabells blancs que anava vestida amb un xandall fúcsia. L'avi va quedar glaçat en sentir la veu del pare:

—Cornucopi, es pot saber què et penses que fas?

L'avi es va girar, amb les galtes molt vermelles. I també ho va fer la dona. Tenia una cara molt simpàtica, i duia unes ulleres de cul de got: devia de ser miop com un talp, la pobra.

—Ho... hola, estimat gendre. Hola, família. Quina bona sorpresa! Us... us presento la Carme, una amiga del casal.

—Hola! —digué la Carme, agitant una mà grassoneta, amb dits com botifarrons.

—Carme? —vaig dir—. Tu ets la que has ensenyat a ballar a l'avi, oi?

—Sí —va respondre—. Té molt bona disposició, i és molt àgil per la seva edat. La setmana vinent serà la meva parella en el concurs de balls de saló que es farà al casal.

—Deixem-nos de balls i de punyetes! —va cridar el pare, quasi perdent els nervis—. On la duies, aquesta dona?

—A... a la meva cambra, per...

—Per...? —digué el pare, sense dir res però fent que tot se li entengués d'allò més bé.

La Carme va respondre en lloc de l'avi.

—M'ha dit que em volia ensenyar la seva col·lecció de caps reduïts pels jívaros. Deu ser apassionant!

—Papa! —va dir la tieta—. Et comportes com un adolescent!

—És que em sento jove, i amb ella encara més —respongué l'avi, tot trempat, i, agafant de les mans la Carme, li va fer un petó ben bavós als llavis. Ecs! Ella va fer una rialleta de conill.

—Déu meu! —va dir la mare—. Només ens faltava això. Papa, deixa't estar de moixaines: han segrestat en Benvingut!

—Què dius que ha passat?

—El que acabes de sentir, i hem d'actuar ràpidament. Vine de seguida a la sala, que hi ha assemblea familiar.

—Espereu —va dir el pare—. I d'ella, què en fem? —i va assenyalar la Carme.

—Què vols dir, què en fem? —intervingué l'avi.

El pare intentà parlar amb una certa calma, però se'l veia a punt de saltar:

—Ella no és com nosaltres. Em pensava que havia quedat prou clar que no ens podem permetre el luxe de divulgar el nostre secret entre els humans. Li hem de fer un encanteri d'oblit i tornar-la al casal.

—Sí, home, i oblidarà també que ella i jo ens hem conegut i que ens estimem. No, benvolgut gendre, ni parlar-ne. Abans te les hauràs amb mi.

—Vols guerra, Cornucopi?

—No, però, si em busques, em trobaràs. Podem confiar en la Carme. Tu bé vas confiar en l'Aquil·les!

—Això és diferent.

—Ah, sí? Per què és diferent, si us plau?

—Perquè... perquè jo sóc el cap de família i sé el que és millor per a tots!

—Ah, i això et sembla un argument? Arnau, ets un babau. Mira, m'ha sortit amb rima i tot!

El pare i l'avi ja començaven a moure les mans preparant encanteris, i un duel entre ells semblava inevitable. El pare va alçar els braços, preparat per llançar el seu primer atac, quan vam veure una bola de llum que anava cap a ell, hi topava i el llançava per l'aire fins a fer-lo caure d'esquena un parell de metres més enllà. La mare no se'n sabia avenir:

—Papa, com has gosat fer això a l'Arnau?

—Però... però si jo no li he fet res.

—Té raó. He estat jo.

Tots vam mirar incrèduls la Carme, que és qui havia pronunciat aquelles paraules. Al voltant de la seva mà dreta alçada, encara es podia veure l'aura verdosa de l'encanteri que havia llançat. L'avi se la va mirar tot sorprès.

—Carme, no em diguis pas que...

—Sí, sóc com vosaltres. Fa segles, els humans van exterminar la meva família: ens van agafar de sorpresa, mentre dormíem, i no vam ser a temps de reaccionar. Jo vaig poder fugir de miracle i vaig sobreviure fent-me passar per humana. Durant molt de temps, he pensat que era l'única, que ja no quedava ningú com jo, i he mirat de dissimular les meves... habilitats el millor que he pogut per no ficar-me en embolics. Però en conèixer-te em vaig adonar que no estava sola.

—Tu... sabies que jo era...?

—I és clar, pallús meu! Quan em vas parlar de la teva col·lecció de serps i aranyes vaig pensar que o bé estaves com una cabra o bé eres... diferent. No te'n vas adonar, però mentre ballàvem un vals, vaig tocar el teu front amb el meu i et vaig fer una petita lectura mental. He après moltes coses sobre vosaltres. I, si voleu la meva ajuda, estic disposada a oferir-vos-la.

—Aquesta sí que és bona —va dir la mare—. Una supervivent d'una altra família europea! No m'ho hauria esperat mai! Què en penses, Arnau? Ai, ostres! Arnau, pobret meu!

La mare va recordar de sobte el vol sense motor del pare, que encara jeia de panxa enlaire, i va córrer cap a ell.

—T'has fet mal, estimat?

El pare va incorporar-se, lentament, una mica grogui.

—É... és bona, aquesta tal Carme, fent encanteris. Molt bona. Si... si els altres hi esteu d'acord, penso que podríem acceptar-la en la nostra família!

—Visca! —vam cridar tots, mentre el pare, encara insegur, acabava d'aixecar-se ajudat per la mare i la tieta. La Carme va avançar cap a ell i li va oferir la mà.

—Sense rancúnia, Arnau?

El pare no rebutjà pas l'encaixada.

—Sense rancúnia, Carme. Per cert, de debò que et dius Carme?

—El meu nom autèntic és Karmonova, però Carme és més fàcil de recordar. I crida menys l'atenció en un casal d'avis que no pas Karmonova. O Cornucopi —digué, mirant amb complicitat l'avi, que es va tornar a posar vermell.

—Bé, Carme. Va, vine a seure amb nosaltres i et posarem al corrent de la situació.

En aquell moment, el Viscós saltà damunt la Carme i començà a fer-li moixaines amb els tentacles. Ella no es va espantar ni gens ni mica.

—Oh, que bufó! Jo de petita en tenia un d'igual, i també era molt afectuós. Es deia Gargall.

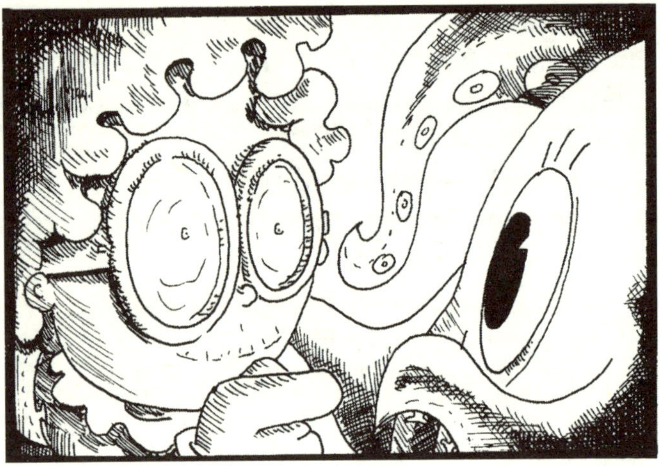

—Un nom molt adequat —va comentar la tieta Melisandra.

I així, tots vam tornar cap a la sala, com una família unida, només que amb un membre més. Aviat, el pare va haver explicat els fets a la Carme, i ella, després de meditar durant uns segons, va dir:

—El problema, pel que veig, és localitzar en Benvingut, ja que ara no té poders. És això?

—Això mateix —corroborà el pare.

—Ja heu rebut notícies d'aquells dos? Us han telefonat?

—Vam despertar ahir mateix després de tres-cents anys de dormida, i encara no tenim telèfon a casa.

—De fet, fins que el Viscós ens va informar sobre el tema, no sabíem què era un telèfon —vaig afegir.

—Però coneixen l'adreça —reprengué el pare—. Segur que aviat...

En aquell precís moment, van trucar a la porta. Tots vam quedar glaçats. L'Aquil·les s'alçà de la butaca on estava assegut i, sense dir una paraula, va anar a obrir. Poc després tornava, duent un sobre a la mà.

—Era un missatger, senyor. Ha portat això.

El pare agafà el sobre i l'obrí nerviosament. En va treure un full i va llegir-ne en veu alta el contingut:

«Benvolgut senyor Arnau Antic,

Vostè té una cosa que nosaltres volem. Nosaltres tenim dues coses que vostè vol...»

Vaig interrompre el pare:

—«Dues coses»? Encara no saben que m'he escapat.

—No ho sabien en el moment d'escriure la carta. El més probable és que ara ja se n'hagin assabentat. I deixa'm continuar! A veure... «Demà cap a les set de la tarda vindrà un transportista a casa seva i carregarà unes caixes que vostè haurà preparat i que contindran allò que ens interessa. Vostè anirà, tot sol, a les deu de la nit, a la botiga que ja coneix. Si no m'ha enganyat amb les caixes, trucaré al meu ajudant perquè deixi anar les seves "propietats". No cal que li digui que no avisi la policia, perquè ni vostè ni nosaltres no tenim cap desig que fiquin el nas en els nostres afers. Oi que no?

Atentament,

Dos amics que saben molt bé el que volen... i el que vostè vol.»

El pare arrugà el paper amb ràbia fins a convertir-lo en una petita bola.

—Quan els tingui a l'abast, sabran qui sóc jo, aquests desgraciats!

—Calma, Arnau! —digué la Carme, amb veu dolça—. El més important és no perdre els nervis, i saber molt bé el que hem de fer. Em sembla que tinc una idea. Voleu sentir-la?

Tots vam fer un moviment afirmatiu amb el cap, i la Carme va començar a exposar el seu pla. Com més anava, més m'agradava, aquella dona. I podia comprovar que a la resta de la família li passava el mateix. Especialment a l'avi, evidentment.

8

La Carme actua

El matí següent va ser força tens. El pare em va fer anar a l'escola, i les meves protestes no van servir de res.

—A casa no faries sinó posar-te nerviosa i posar-nos nerviosos a nosaltres. A més, pots donar alguna excusa pel que fa a l'absència d'en Benvingut. Digues que està malalt, que té la grip o el xarampió.

I així ho vaig fer. No em vaig poder concentrar gaire en la classe, però afortunadament la mestra no es va tornar a atrevir a fer-me sortir a la pissarra, i en Kevin, que no les tenia totes, em va deixar en pau.

Després vaig saber que la tieta Melisandra, a contracor, també havia anat a treballar al supermercat i que, a casa, el pare, la mare, l'avi, la Carme i l'Aquil·les s'havien dedicat a pujar els sis feixucs cofres del tresor des del soterrani fins a la planta baixa i a fer alguns preparatius. M'ho va explicar l'Aquil·les, quan em va venir a recollir a les cinc a l'escola. En arribar a casa, la Melisandra també hi era, i els cofres estaven col·locats al costat de la porta d'entrada, en espera del transportista. Vaig gosar dir:

—I per què els doneu, els sis cofres? Amb un parell potser n'hi hauria prou.

—Et recordo, Serpentina, que a la botiga d'aquells energúmens vas parlar de «sis cofres ben grossos plens fins a dalt» i ells segur que se'n recorden. No vull jugar amb la vida d'en Benvingut —respongué el pare.

—Penses que podrien... fer-li mal?

—Cal estar preparats per a qualsevol eventualitat.

Llavors, vaig veure en un racó una pila de monedes d'or i de pedres precioses.

—I això què hi ha fa, aquí? Has guardat una mica del tresor per si perdem tota la resta?

—No és pas això —respongué el pare—. Havia de deixar lloc en un cofre per amagar-hi alguna cosa.

—Quina cosa?

—Mira al teu voltant. No trobes a faltar res?

Vaig mirar els mobles, els membres de la família... Per un moment, no vaig saber què pensar. I, de sobte, ho vaig entendre!

—És clar, pare! Ara me n'adono. Ets un geni!

—Tampoc no cal exagerar —digué l'avi—. De fet, la idea no l'has tinguda tu, estimat gendre, sinó la Carme —i va fer un somriure molt tendre a la seva amigueta mentre el pare se'l mirava un xic molest.

—El més important no és pas qui hagi tingut la idea, sinó que funcioni. I ara, a esperar —va dir el pare.

Els segons, en el rellotge de pèndol de la sala, anaren caient amb una lentitud exasperant, fins que, poc després de les set, van trucar a la porta. Dos homes cepats, amb l'ajuda del pare i de l'Aquil·les, van carregar en un camió els cofres, ben tancats i precintats, tot estranyats del seu pes.

—Què hi tenen aquí dins? Pedres?

—Una cosa així —digué el pare, rialler, i va començar a xerrar amb ells mentre els donava una propina més que generosa—. El que importa és que els meus socis rebin ben aviat aquest material. Per cert, ara no recordo si el volen a la botiga que tenen al centre de la vila o a la seva residència dels afores... En aquest cas, us espera un viatge molt llarg.

—Doncs ens ha tocat el rebre, perquè és això darrer. Per cert, que en sap l'adreça, vostè?

—Doncs no, el meu soci m'ha parlat d'aquesta casa, que fa servir de magatzem, però no sé pas on para. Que potser vostès no tenen l'adreça, si han d'anar-hi?

—No, l'home que ens ha llogat ens trucarà al mòbil d'aquí a una estona per donar-nos-la i guiar-nos. Ens ha dit que és una mica difícil d'arribar-hi i que un cop sortim de la ciutat necessitarem les seves explicacions perquè seria molt fàcil perdre'ns.

La mare, l'avi, la Carme i jo ens vam mirar: aquell Deulofeu era un murri. Tenia por que el pare intentés fer parlar els transportistes i s'havia cobert les espatlles. Per sort, podíem conèixer la situació de la casa gràcies a un sistema que ell no hauria imaginat mai.

Vam sopar a les vuit i el pare ens va dir, abans d'alçar-se de taula:

—L'èxit del pla depenia del fet que els cofres no anessin a parar a la botiga que aquells dos tenen a la ciutat, sinó a l'amagatall dels afores on hi ha segrestat en Ben-

vingut. Aquesta part del pla ha sortit bé. Ara em toca a mi anar a veure en Deulofeu. Quan torni, passarem a l'acció.

—No vols que t'acompanyi, Arnau? —va dir la Melisandra—. Pot ser perillós.

—No, de cap manera. Hi haig d'anar sol. No puc posar en perill en Benvingut.

La Carme no va dir res, però vaig veure, per les arrugues del front, que estava barrinant a tota velocitat. Quan el pare va sortir de casa, va dir a l'avi:

—Cornucopi, vaig a fer un tomb.

—Vols que t'acompanyi, Carme?

—No, estimat, prefereixo anar-hi sola. Vull esbargir-me les idees.

A les onze de la nit, ni el pare ni la Carme no havien tornat encara, i ja començàvem a passar ànsia. Per fi, a un quart i mig de dotze, van trucar a la porta.

—Que no porta claus, el pare? —em vaig estranyar.

—Potser és la Carme —va dir l'avi, i va córrer a obrir.

Era la Carme, efectivament, i també el pare, que es recolzava en ella i exhibia un trau al cap per on encara rajava sang. La mare es va esverar:

—Arnau, què t'ha passat?

La Carme va prendre el control de la situació:

—Ajudeu-me a estirar-lo al sofà, que us faré cinc cèntims de tot plegat.

Així ho vam fer. El pare, bo i ajaçat, mentre la mare li netejava la ferida, digué:

—Carme, ets una joia.

—Això jo ja ho sabia, estimat gendre —digué l'avi, mentre agafava la seva enamorada de la mà—. I ara ens podries dir què ha passat?

—Bé —digué el pare—. Quan he arribat a la botiga, m'esperava en Deulofeu, amb cara de triomf. En veure'l, gairebé perdo els estreps. «Miserable», li he dit, «no sé què m'impedeix esclafar-lo ara mateix com l'escarabat fastigós que és!». Però ell no ha perdut la calma, i m'ha contestat: «El que li ho impedeix és saber que jo encara tinc els seus estimats fills en el meu poder». Llavors, tot adonant-me que encara no en sabia res, de la fuga de la Serpentina, li he exigit que els deixés anar, ara que tenia el que volia, i ell m'ha contestat que encara havia de comprovar el contingut de les caixes. «Almenys deixi'm parlar amb ells, per poder estar segur que es troben bé.» «Molt bé», ha acceptat. «Passi a la rebotiga. Tot serà més discret.

Trucaré a en Jaume i faré que s'hi posin.» Ha agafat el telèfon i ha marcat un número. Quan han despenjat a l'altra banda, ha dit: «Jaume? Sóc en Deulofeu. Han descarregat les caixes? Molt bé... No les obris pas; espera't que arribi jo. I els russos, amb les armes, també són aquí? Perfecte. Ara escolta, tinc aquí el pare d'aquells marrecs. Vés a buscar-los, que vol parlar amb ells». Han passat uns segons, i quan en Jaume ha tornat a posar-se a l'aparell, en Deulofeu s'ha esverat. «Sí, Jaume, ja els...? Què, què dius? La nena? Però com ha pogut ser? I quan ha estat? No em diguis que no havies tornat a entrar a l'habitació des que els hi vam ficar? Sí, és clar, la porta tancada amb clau, les reixes a la finestra! Has mirat sota el llit? I a l'armari? No, jo tampoc no ho entenc. Ja en parlarem quan arribi. Almenys tens el nen amb tu? Molt bé, espera un moment, ara et demanaré que s'hi posi.» En Deulofeu ha quedat quiet durant un moment amb l'auricular a la mà, mirant-me amb posat fosc, fosquíssim. Jo li he dit alguna cosa com: «La meva filla, la Serpentina, és força espavilada, no troba?». Ell m'ha respost amb mala bava: «No oblidi que el seu fill encara és en el meu poder i que continuo tenint la paella pel mànec. Tingui, parli amb ell, i sigui breu». I m'ha passat el telèfon. M'he posat molt content en sentir la veu d'en Benvingut. La conversa ha anat així, si fa no fa:

»—Papa?

»—Benvingut, fillet! Hola! Com estàs? T'han tractat bé?

»—Sí, però ja no em queden sandvitxos. La Serpentina se n'ha anat.

»—Sí, ja ho sé, és a casa i ens ho ha explicat tot.

»—Em va prometre que tindria una sorpresa.

»—I la tindràs, molt aviat.

»—Vull tornar a casa. Per què no em tornes la màgia?

»—Perquè no sé... exactament on ets, i no parlis d'això, de moment —he dit, esperant que en Jaume no sospités res en sentir parlar de màgia—. Aviat tornarem a estar plegats.

»—M'ho promets?

»—T'ho prometo. Un petó molt fort.

»—Un petó, papa.

»En Deulofeu m'ha pres l'auricular de les mans. "Jaume", ha dit, "torna a tancar el marrec, i aquest cop vigila'l bé. Que els russos facin guàrdia, els uns a fora de la casa i els altres al costat de les caixes. Ah, són cofres? Doncs al costat dels cofres! Quina importància té això, carallot? Arribaré al més aviat possible." Mentre penjava, m'ha dit: "I a vostè, senyor Antic, li hauria valgut més no fer promeses que no podrà complir". Llavors, inesperadament, algú m'ha colpejat per darrere... i no recordo res més.

—Aquí prenc jo el relleu! —digué la Carme, tota eixerida—. Quan he sortit de casa, no ha estat pas per fer un volt, com més d'un de vosaltres deu haver sospitat. He rastrejat l'Arnau amb les meves... habilitats, i aviat n'he trobat el rastre. Així que l'he vist, l'he seguit de lluny. Estava segura que es trobava massa amoïnat per en Benvingut per adonar-se de la meva presència. Quan

ha entrat a la botiga de compra d'or, m'he esperat discretament, amagada en un portal, i així que he vist que en Deulofeu sortia i agafava un cotxe, però que l'Arnau no donava senyals de vida, he entrat a l'establiment. Al taulell no hi havia ningú. Llavors, he decidit actuar com una iaiona del casal d'avis. «Si us plau!», he cridat. «Que hi ha algú?» Llavors han sortit, procedents de la rebotiga, un parell d'individus amb molt mala pinta. Un d'ells era cepat i tenia barba...

—I l'altre era baixet, i segurament devia portar una gorra vermella.

—Això mateix. Que els coneixeu?

—Són en Manel i en Quico, els delinqüents del quals et vam parlar. Continua —intervingué el pare.

—Doncs bé, el cepat em diu d'una manera poc amable: «Què vol, vostè?». I jo li explico que em veig obligada a vendre'm el meu anell de boda, perquè la pensió no m'arriba i que si naps que si cols. El cepat em diu: «Senyora, torni més tard, que ara el responsable no hi és». I jo: «Però la botiga és oberta, i jo vinc de molt lluny. Que no podria...?». El cepat perd els nervis i em vol fer fora, mentre el petit intenta calmar-lo: «Manel, és una iaia. No et posis així. No ens convé cridar l'atenció». «I així, pel meu anell, què em donen?». «Mengi-se'l amb patates, l'anell!». «Manel, no t'esveris». I així una bona estona. Mentrestant, jo escanejava mentalment la rebotiga i copsava la forma d'un home, evidentment, l'Arnau, immòbil, potser mort. M'he espantat, però el meu escàner mental m'ha revelat que estava lligat de peus i mans: els morts, no cal lligar-los. Així doncs, estava inconscient. He respirat alleujada. Però em calia treure'l d'allí. Així doncs, he agafat el meu anell i l'he plantificat davant el nas a aquells dos dient: «Mirin que bonic que és, el meu anell». El tal Manel ha deixat per un moment de discutir-se amb el seu company i ha començat a dir: «El seu coi d'anell em comença a...». Però ha callat tot seguit, i l'altre també. Tots dos han quedat amb els ulls molt oberts, fitant l'anell, i amb un somriure estúpid als llavis. Jo estava encantada.

—Carme, aquesta sí que és bona. No em diguis que ets una...

—Una hipnotitzadora de primera classe —confirmà ella, tota satisfeta—. La màgia sempre és perillosa d'utilitzar, i la hipnosi en pot ser una bona substituta en casos com aquest.

—Ja ho sabia, jo, que m'havia enamorat d'una dona excepcional! —saltà l'avi, entusiasmat.

—Calla, papa, no t'esveris! —digué la mare—. Deixa que la Carme continuï la seva història.

La Carme s'escurà la gola i prosseguí:

—Quan els he tingut sota el meu control, els he dit: «Sou dos ximpanzés i teniu moltes ganes d'enfilar-vos als arbres. Aneu cap al passeig d'aquí al costat, que n'hi ha molts». I han sortit fent xiscles i caminant com uns simis. Feia goig de veure'ls. Per cert, us haig de dir que els meus processos hipnòtics són de llarga durada: aquells dos faran el mico durant molt i molt de temps i ja no ens causaran problemes.

La tieta Melisandra no se'n sabia avenir:

—Els has fet creure que eren ximpanzés! Jo ahir els vaig fer un encanteri amb el mateix objectiu. No m'ho puc creure. Quina casualitat!

—Sí que és curiós —digué la Carme—. Potser és que aquest parell ja tenen un aspecte més aviat simiesc i et fan pensar en ximpanzés quasi sense voler.

—Deu ser això —acceptà la Melisandra.

—Bé, quan aquells dos han sortit, m'he ficat a la rebotiga, he deslligat el vostre pare i he intentat revifar-lo com he pogut. Estava molt estabornit: un d'aquells dos, segurament el més cepat, en... Ah sí, en Manel, li havia clavat un bon cop de porra. A la fi, he aconseguit que es posés dret i hem tornat aquí, passant per carrerons i llocs poc freqüentats per tal de no cridar l'atenció. De fet, si no fos per la sang de la cara, i era de nit, semblava ben bé que ajudés un borratxo a tornar a casa.

—Gràcies per la comparació, Carme —digué el pare amb un somriure.

—No es mereixen, Arnau —respongué la Carme, somrient també.

El pare s'incorporà. Semblava trobar-se ja molt més eixerit.

—Bé, família, estudiem la situació: en Deulofeu té en Benvingut i els nostres estalvis en una casa als afores, plena d'homes armats.

—Qui deuen ser, aquests homes? —preguntà la mare.

—En Deulofeu parlava dels «russos». Garbellant la informació que ens va passar el Viscós, he arribat a la conclusió que en Deulofeu treballa amb les màfies russes. I és lògic: un botí com el nostre no el pot col·locar en el mercat ell tot sol; cal tota una organització internacional. I atenció: són gent molt perillosa, aquests russos. Res a veure amb els tòtils d'en Manel i d'en Quico.

—Ara que parles del Viscós —digué la Melisandra, mirant a dreta i a esquerra—, on s'ha ficat? No l'he vist en tot el dia.

—Aquest és el nostre as a la màniga —digué el pare—. Serpentina, tu has endevinat el que hem fet tan bon punt has tornat a casa, oi?

Vaig assentir, pagada de mi mateixa, mentre l'Aquil·les deia:

—La petita senyora és més llesta que la fam.

—El pare ha tret una part del contingut d'un cofre —vaig explicar—. I no he vist el Viscós per enlloc. Dos i dos fan quatre: el Viscós és en un dels cofres i anirà a parar a la casa misteriosa on mantenen retingut el meu germà.

El pare assentí.

—Després de prendre els poders a en Benvingut, no podia contactar mentalment amb ell i no podia establir la localització de la casa. Però el Viscós i jo tenim un lligam mental potentíssim... Així que m'acabi de trobar una mica més bé, podrem saber on haurem d'anar.

—Però el cofre és tancat amb clau! —s'alarmà la Melisandra—. Com podrà sortir-ne, la pobra criatura?

—La criatura, de pobra, no en té res —replicà el pare—. Pot ficar un dels tentacles en qualsevol pany i adoptar-ne la forma. Després, només li cal endurir-lo una mica i, hop!, és com una clau universal. Ara, li he donat l'ordre de no fer-se veure. Si els russos vigilen els cofres, potser li caldrà romandre-hi amagat una bona estona. Així que pugui sortir-ne, però, anirà a buscar en Benvingut. La porta de la cambra on està retingut tampoc no se li resistirà. I ara, deixeu-me concentrar...

El pare es va posar els dits índex i mitjà de cada mà contra les temples i tancà els ulls. Pocs segons després exclamà:

—Ja ho tinc! Paper i llapis, de pressa! I un regle.

L'Aquil·les va tornar aviat amb tot el material. El pare s'alçà del sofà, va anar cap a una taula i començà a dibuixar febrilment. Aviat va haver fet un plànol molt detallat de la situació de l'amagatall d'en Deulofeu.

—El rastre del Viscós és per a mi com un camí de llum —digué el pare—. He pogut reconstruir el seu viatge des de la botiga fins a la casa, carrer per carrer, fins a la sortida de la ciutat, i després per aquesta carretera i per aquest camí. La casa és aquí! —i assenyalà amb el dit un punt en el plànol—. Anem-hi!

L'Aquil·les estossegà breument per cridar l'atenció:

—Si el senyor m'ho permet, he cregut entendre que la casa en qüestió és plena d'homes perillosos armats fins a les dents, i vostès són... diguem-ne bruixots, per emprar el terme humà més habitual, però no són pas invulnerables. A més, no els interessa exhibir el seu potencial màgic davant els humans. Potser caldria no anar tan a la valenta i meditar una mica el procés que cal seguir.

—Tens raó, com sempre, Aquil·les —reconegué el pare—. Melisandra, la nit és fosca i els núvols amaguen la lluna. Penses que podries anar fins a la casa amb l'escombra, volant prou amunt per no ser vista? Hauries d'observar quants homes guarden la casa i quines armes tenen.

—I és clar que sí, cunyat!

—Digue'm Arnau. Ja saps que això de cunyat no m'ha agradat mai.

—D'acord, cuny... Arnau!

—Com podríem arribar-hi nosaltres? No tenim cotxe —plantejà la mare.

—Però jo sí —digué triomfant la Carme, fent dringar un clauer davant dels nostres ulls—. Una camioneta prou gran per a tots. Durant un temps, em vaig dedicar a vendre llegums en un mercat i em calia una andròmina prou gran. Vaig a buscar-la ara mateix. Vosaltres, preparеu-vos per pujar-hi d'aquí a... Deixeu que hi pensi..., d'aquí a uns deu minuts, si fa no fa.

—Perfecte! —digué el pare—. Família, xafarranxo de combat!

—Jo començo a fer via —digué la tieta Melisandra, tot anant a l'armari on guardava la seva col·lecció d'escombres—. No m'agrada passar-me gaires dies sense poder volar.

—Benvingut! —vaig cridar—. Espera't, que venim!

Em sentia engrescada i amb ganes de saltar i córrer. Això de les aventures és una cosa fantàstica! Em sembla que si en Benvingut i jo no ens haguéssim deixat segrestar, m'hauria sabut greu tota la vida.

9

EL RESCAT D'EN BENVINGUT

Ja era més de mitjanit quan vam sortir de la ciutat, tots —menys la tieta Melisandra, que se'ns havia avançat amb l'escombra— amuntegats dins la camioneta de la Carme. El pare anava seguint el rastre mental del Viscós, que, segons ell, era potent i clar. Quan ja érem fora de la ciutat, carretera enllà, en un moment determinat digué a la Carme:

—Gira a l'esquerra al primer camí que trobis i atura el cotxe.

La Carme va obeir i va deixar el cotxe en un marge del camí que acabàvem d'encetar. El pare explicà la situació:

—La casa ja no és gaire lluny. Hi arribarem a peu, perquè no ens sentin. Va, família, en marxa, i mirem de caminar sense fer soroll.

Vam seguir el camí durant uns vint minuts, ensopegant de tant en tant perquè la nit era molt fosca i no vèiem prou bé on posàvem els peus. El pare, però, ens havia demanat de no portar llanternes ni fer cap mena de llum màgica.

—La foscor ens beneficia, i tota prudència és poca. Mireu: em sembla que arribem. Ajupiu-vos!

Efectivament, el camí, que fins aleshores avançava envoltat d'arbres, s'obria cap a una zona despullada enmig de la qual s'alçava un casalot gran i tronat. Ens vam estirar a terra, protegits pels darrers pins. L'avi va remugar perquè l'herba humida no li anava bé per al reuma, però el pare, la mare, l'Aquil·les i la Carme li van fer alhora un «xst!» tan enèrgic que va deixar córrer el seu rosari de queixes. Diverses finestres de la casa es veien il·luminades. A la porta del davant, xerraven, repenjats contra la paret, dos individus alts i forts, que portaven armes de foc d'aquelles que, segons el Viscós, anomenen automàtiques. El pare digué en veu baixa:

—Abans de decidir què fem, m'agradaria parlar amb la Melisandra. On es deu haver ficat?

Precisament en aquell instant, els dos homes de la porta es van agitar. Un d'ells assenyalava cap amunt. Tots vam mirar en aquella direcció i vaig deixar anar un «Oh, no!» ple de ràbia i de por. Els núvols s'havien obert, i dibuixada davant la lluna es veia clarament la silueta de la tieta Melisandra damunt la seva escombra. Els dos individus van empunyar les armes i van començar a disparar. Vam veure que la tieta vacil·lava i queia de l'escombra. Vam ofegar un crit i vam témer el pitjor, però, de sobte, l'escombra, que havia quedat suspesa en l'aire, va fer un picat a una velocitat prodigiosa i va recollir la tieta pocs metres abans no topés contra terra. Vaig cridar «Visca, tieta! Ets un as de l'escombra!» abans que el pare no em tapés la boca amb la mà per fer-me callar. El meu crit, per sort —bé, depèn del que entenguem per sort—, va ser cobert pels trets dels homes —segurament membres de la màfia russa de la qual ens parlà el pare—, que continuaven disparant. La lluna, però, havia tornat a desaparèixer rere els núvols, i no podien apuntar prou bé. Una bala va fregar l'arbre al costat del qual jeia l'Aquil·les, que es va limitar a comentar flegmàticament, en un murmuri:

—Si en els meus temps haguéssim tingut armes com aquestes, la guerra de Troia hauria acabat en un tres i no res, però hauria estat molt menys èpica, i segur que Homer no s'hauria sentit inspirat per escriure la *Ilíada*.

—Ja parlarem d'èpica més tard, Aquil·les! —rondinà el pare, i mirà de guiar mentalment la Melisandra cap a on érem.

Aviat la tieta s'ajeia entre nosaltres.

—Hola, nois. He deixat l'escombra aparcada aquí al darrere. Ja heu vist el que ha passat, oi?

—I tant —respongué la mare—. T'han ferit?

—No. Una bala ha tocat el mànec, molt a prop d'on l'agafava. He tret les mans per instint i he perdut l'equilibri. Sort que he pogut cridar l'escombra en el darrer moment! Potser aquell somni que et vaig explicar, Serpentina, era premonitori!

—Potser sí, però en tot cas ho has fet molt bé, tieta! M'has d'ensenyar a muntar un d'aquests dies.

—El problema —digué el pare— és que t'han clissat. Potser no saben del cert què és el que han vist, perquè estaves prou lluny, però saben que és una cosa estranya, i ara estaran previnguts. Mireu!

Quatre homes més s'havien ajuntat amb els primers. Aquests gesticulaven nerviosament tot assenyalant el cel amb les armes. La tieta digué:

—Quan m'han disparat, acabava de sobrevolar la casa. Aquests són els quatre homes que fa un moment estaven de guàrdia a la porta del darrere i a la porta lateral que hi ha a la façana de la dreta. No sé quants més deu d'haver-n'hi a dintre.

—Sis russos armats i de gallet fàcil —comentà el pare—, més una quantitat indeterminada a l'interior de la casa. I això sense comptar en Deulofeu i en Jaume... Per cert, aquí els tenim, aquest parell!

La porta del davant s'havia obert, i havien tret el nas els nostres dos vells coneguts, sens dubte alertats pel soroll dels trets. El pare es girà cap a mi.

—La situació és difícil. Serpentina, em sembla que et necessitaré.

—Molt bé, pare. Faré el que calgui —vaig respondre orgullosa—. Vols que em teletransporti a dins de la casa i busqui el Viscós i en Benvingut?

—És massa perillós. Podries aparèixer enmig dels russos que vigilen els cofres. Tinc una altra idea, i espero que em surti bé... Fa segles que no faig servir l'encanteri de canvi morfològic.

—L'encanteri de canvi morfològic? —vaig dir espantada—. És necessari que em transformis en alguna... cosa?

—Serà per molt poca estona. Et convertiré en una petita papallona nocturna. Aprofitaràs que en Deulofeu està parlant amb els russos i et ficaràs a la casa per la porta entreoberta. Tindràs exactament un minut per buscar un racó fosc i discret abans no tornis a la teva forma habitual.

—Bé, si no hi ha cap altre remei... —vaig dir resignada, però sense tenir-les totes.

—Doncs mira'm als ulls, que no podem perdre temps!

El pare murmurà unes paraules que jo mai no havia sentit, mentre feia uns ràpids moviments amb les mans, i de sobte vaig sentir una sensació molt estranya i vaig veure el pare que creixia i creixia fins a esdevenir enorme. De seguida, però, em vaig adonar que era jo qui m'havia fet tota petita i voletejava com... com la papallona en què m'havia convertit. El pare em digué:

—Afanya't, que el temps corre. No sigui que en Deulofeu tanqui la porta!

Vaig volar cap a la porta d'entrada i em vaig colar dins de la casa mentre la discussió encara continuava. Vaig veure llum en una habitació i m'hi vaig dirigir amb curiositat: dos homenots de crani rapat estaven asseguts jugant a les cartes. Damunt la taula, hi havia una ampolla —probablement de vodka, si havia de fer cas de les informacions fornides pel Viscós pel que feia als gustos dels russos—, dos gots i dues pistoles. La taula era davant una porta tancada. «Segur que els cofres són allà dins», vaig pensar, i vaig volar fins a una habitació contigua que estava a les fosques. Ho vaig fer just a temps; tot seguit vaig tornar a ser la

Serpentina, i val a dir que no em va desagradar la sensació. Prefereixo ser jo mateixa que no pas una papallona! Mirant de calcular bé les distàncies, en funció del que havia vist, em vaig teletransportar a la cambra vigilada pels dos homes i, de sobte, em vaig trobar enmig de la negror més absoluta. Estava pensant si seria prudent fer llum amb un dit per mitjans màgics, quan una cosa em va saltar al damunt. Estava a punt de fer un crit quan em vaig adonar que aquella «cosa» era freda, tova i llefiscosa. I, llavors, va obrir un gros ull que brillava, fosforescent en la foscor.

—Viscós! —vaig dir en veu baixa—. Que contenta que estic de veure't!

Gràcies a la fosforescència de l'ull del Viscós, vaig comprovar que, efectivament, era a la cambra on guardaven els cofres amb el nostre tresor. La nostra mascota em va posar un tentacle al front i em va transmetre la informació del que havia passat: així que els russos havien acabat de fer la descàrrega, el Viscós havia obert des de dins el cofre on es trobava i n'havia alçat una miqueta la tapa. En comprovar que estava sol, n'havia sortit, havia tancat novament el cofre amb el seu tentacle clau i s'havia amagat al capdamunt d'un armari situat en un racó de la cambra. Feia poca estona, en Deulofeu hi havia arribat, acompanyat per en Jaume i dos dels russos, i aquests darrers havien fet saltar a trets els panys dels cofres. En Deulofeu n'havia comprovat el contingut i semblava d'allò més satisfet. Llavors havia dit a en Jaume:

—Som rics, immensament rics! Aquell estúpid ens ha lliurat una fortuna colossal, pensant-se que tornaria a veure el seu fill! A hores d'ara, en Manel i en Quico ja es deuen haver encarregat d'ell, i no ens tornarà a molestar.

—I el nen?

—No el podem deixar viu. Ens podria reconèixer. És fàcil enterrar algú en aquest bosc. Vist i no vist! Ens n'ocuparem més tard.

—La nena també ens ha vist, i ha fugit.

—Aquesta matinada, els nostres amics de l'Est aniran a la casa de la nostra estimada família i eliminaran a tothom, incloenthi aquella petita pesta. Després, hi haurà un incendi..., un incendi accidental, és clar, que esborrarà totes les proves. Vosaltres dos —ara parlava en francès amb els russos—, munteu guàrdia davant la porta. Au, anem!

I tots havien sortit de la cambra, que havia quedat a les fosques. Em vaig mirar l'ull del Viscós i vaig dir:

—Miserables! Hem de trobar en Benvingut abans no sigui massa tard, però no m'atreveixo a teletransportar-me. Tinc por de no encertar la cambra on es troba. Com podríem desfer-nos dels goril·les que fan guàrdia aquí davant?

El Viscós em va posar un tentacle al front, i el que em va fer veure em va sorprendre.

—Viscós, això és molt arriscat. Si et veuen, et mataran. Vols dir que...?

Però el Viscós ja s'estava desplaçant amb l'ajuda dels seus tentacles. Poc després s'esmunyia per la petita escletxa que hi havia entre la porta i el terra: el Viscós no té ossos i pot passar per qualsevol forat, per petit que sigui, talment com si fos un líquid. Té també una gran capacitat adherent. El seu pla consistia a enfilar-se per la paret i arrossegar-se pel sostre, sense ser vist, aprofitant que els russos estaven concentrats en la seva partida de pòquer. Era molt perillós, però potser sí que podia sortir-se'n, amb una mica de sort.

Em vaig ajupir i vaig mirar pel forat del pany: els dos homes estaven concentrats en les seves cartes. De sobte, vaig veure com dos tentacles verdosos anaven baixant molt lentament cap als seus caps. «Si us plau, que no mirin cap amunt, que no mirin cap amunt!», vaig pensar. I no sé si algú em va escoltar, però els tentacles es van adherir als fronts dels russos abans que els dos homes tinguessin ocasió de reaccionar. Van fer un bot de sorpresa, però aviat els seus moviments es tornaren lents i a tots dos els va caure alhora el cap damunt el pit. El Viscós pot fer moltes coses amb els tentacles: pot donar informació, extreure-la... i també pot «desconnectar» els cervells, com si bufés una espelma. Una vegada ho va fer amb en Benvingut, quan era molt petit, un dia que no parava de fer-li les mil i una, i el meu germà va dormir dos dies i dues nits d'una tirada. El pare i la mare es van empipar molt amb el Viscós, però l'avi el va defensar dient: «Per fi podem tenir una mica de pau en aquesta casa!». I l'Aquil·les no va dir res, però em vaig fixar que somreia d'orella a orella quan anava cap a la cuina... I és que el meu germanet pot arribar a ser molt pesat. Però me l'estimo, en el fons, i ara em tocava salvar-lo. Aviat vaig sentir com algú furgava el pany, i la porta s'obrí. Vaig agafar el Viscós d'un tentacle i vam avançar per la casa, mirant de no fer cruixir gaire el terra de fusta i d'evitar trobades inoportunes. Recordava més o menys on era la cambra en què ens havien tancat, però el casalot era molt gran. Per fi, després d'un parell d'errors (encara sort que les habitacions que vam obrir eren buides), vaig trobar el que buscava.

—Aquesta és la porta! N'estic segura! —vaig dir al Viscós—. Au, obre-la!

El Viscós va obeir, i uns segons després entrava a la cambra i corria a abraçar el meu germà.

—Benvingut, germanet! Ja t'havia dit que tornaria!

—Serpentina...

—Què et pensaves, que t'havia oblidat?

—Serpentina...

—Què vols?

—No estem sols.

Vaig sentir un contacte metàl·lic i fred al cap. Era el canó d'una pistola. La pistola d'en Jaume.

—Vaja, vaja, mira qui ha tornat! —va dir—. Havia decidit no perdre de vista aquest marrec fins que arribés el moment d'eliminar-lo, no fos cas que decidís fer-se fonedís com tu, i, ves per on, ara us torno a tenir a tots dos. El senyor Deulofeu estarà content. No sé com t'ho vas fer, per desaparèixer l'altra vegada, però no penso pas donar-te una segona oportunitat. Així que, adéu, noieta.

«D'aquesta sí que no me'n surto», vaig pensar, i vaig tancar els ulls. Però no va passar res. En obrir-los, em vaig girar i vaig veure que en Jaume ja no tenia la pistola a la mà: ara l'arma es trobava en un dels tentacles del Viscós, que havia actuat com un fuet o com una llengua de camaleó. En Jaume es va mirar el Viscós amb la boca oberta, sense entendre res, i el Viscós va fer girar el tentacle on tenia adherida la pistola, cada cop més ràpidament, i va clavar un cop magistral amb el canó de l'arma a la barbeta d'en Jaume, que va caure a terra estabornit. El meu germà corregué cap a la nostra estimada bola verda.

—Viscós! Que bé! Aquesta és la sorpresa que em vas prometre, oi, Serpentina?

—Sí, Benvingut —vaig mentir. De fet, li havia promès una sorpresa perquè em deixés marxar sense organitzar un escàndol—. Però ara hem de fugir d'aquí.

En Benvingut, el Viscós i jo vam sortir de l'habitació, tot deixant en Jaume a terra. Jo portava la pistola a la mà, malgrat que no tenia ni idea de com es feia servir —més que res, me l'havia endut per tal que aquell gamarús no la recuperés en despertar-se. Vaig dir en veu baixa:

—El més prudent seria sortir per una finestra i anar a buscar els altres.

I així ho vam fer. Vam aprofitar que una de les finestres laterals de la planta baixa, que donava a la façana de l'esquerra, on no hi havia cap porta que pogués estar vigilada, era oberta i vaig sortir a l'exterior. Després, vaig ajudar a baixar en Benvingut, i el Viscós ens va seguir despenjant-se amb un tentacle. A fora era fosc, però es veia llum, que procedia de la façana principal. Ens hi vam acostar a poc a poc, arrambats a la paret, i en arribar a la cantonada vaig gosar treure una mica el cap i fer un cop d'ull: els russos, observats per en Deulofeu, estaven carregant els cofres en un camió que portava una placa del cos diplomàtic. Quan van haver acabat la feina, en Deulofeu es va adreçar a un dels homenots:

—Va, vés a buscar els teus dos companys, i digues a en Jaume que enllesteixi ràpid amb el marrec. L'enterrarem en un lloc discret del bosc i marxarem, que tenim molts

quilòmetres per fer. Tu i tu —va dir assenyalant dos dels quatre russos que havien carregat el camió— anireu a l'adreça que us he donat a fer la... feina que sabeu. Assegureuvos que no hi queda ningú viu. Després, ens seguireu amb el vostre cotxe. Ens trobarem a les dues del migdia a l'amagatall de Marsella, on m'he citat amb l'especialista que posarà el preu al material.

Malament! En uns pocs segons, descobririen que en Benvingut s'havia volatilitzat. Què podia fer? Vaig dir al Viscós que vigilés bé el meu germà i em vaig teletransportar fins a l'inici del bosc, on calculava que havia deixat la resta de la família. Vaig reaparèixer just al costat del pare.

—Serpentina! On és, en Benvingut?

—Arrambat amb el Viscós a la paret de l'esquerra de la casa. Bé, mirant-la des d'aquí, a la nostra dreta.

—Ah, sí, ara els veig.

—Cal fer alguna cosa de pressa. El rus que ha entrat trobarà en Jaume i dos dels seus fora de combat i d'aquí a un moment l'estaran buscant pertot arreu. Per cert, el camió té una placa del cos diplomàtic. Ho sabies?

—Me n'he adonat quan ha arribat, fa uns deu minuts. És així com pretenen treure el tresor del país: un vehicle amb immunitat diplomàtica no pot ser escorcollat a la frontera.

La tieta, l'avi, la mare i l'Aquil·les, en veure'm arribar, s'havien arrossegat fins on érem el pare i jo i anaven seguint la nostra conversa.

—Què fem, doncs? Si troben en Benvingut el mataran!

—Què dius? —va quasi cridar la mare, espantada.

—Ens volen liquidar. Pensen que el pare és mort i aquells d'allà —vaig assenyalar els dos russos que es dirigien cap a un Mercedes— tenen l'ordre d'anar a casa, pelar a tothom que hi trobin i incendiar-la.

—Això ja passa de mida! —digué la tieta, indignada—. Em sembla que els donaré una lliçó, i, Arnau, tant se me'n dóna que no vulguis que descobreixin que som com som. Si cal fer una altra dormida, la farem, però jo...

En aquell moment, es va sentir un tret i molt d'enrenou: el rus que havia entrat a la casa reaparegué, però no pas per la porta, sinó procedent d'un dels costats de l'edifici, i quan s'acostà als altres vam veure que portava sota el braç en Benvingut, que cridava i espeternegava. Jo em vaig espantar moltíssim:

—Maleït siga! Aquesta mala bèstia deu haver vist la finestra oberta per on hem saltat i ha sortit per allà. Els ha sorprès per l'esquena. I on és el Viscós? Oh, no!

Vaig pensar en el tret que acabàvem de sentir i els ulls se'm van negar de llàgrimes. El pare em posà una mà a l'espatlla.

—Tranquil·la, Serpentina. El Viscós té unes característiques biològiques molt especials. Cal més que una bala per matar-lo i... Melisandra! Torna aquí immediatament!

El crit del pare va fer que tots ens adonéssim de cop que la tieta Melisandra s'havia posat dempeus i avançava amb decisió cap a l'entrada de la casa, deixant la protecció del bosc, sense importar-li un rave que aquells individus la veiessin. L'avi, la Carme i la mare, després d'uns segons, van alçar-se també i la van seguir.

—Estimat gendre —va dir l'avi, mentre passava pel nostre costat—, no penso deixar que facin mal al meu nét. Ha arribat el moment d'actuar.

—Si em permet dir-ho, em sembla que el senyor Cornucopi té raó —va dir l'Aquil·les, i també es posà dret i emprengué el camí.

—Bé, som-hi doncs —va dir el pare amb un sospir, i vam seguir la resta de la colla.

Quan ens van veure arribar, els russos van semblar sorpresos, però de seguida ens van apuntar amb les armes.

En Deulofeu, en veure el pare, exclamà:

—Bé, senyor Arnau. Haig de reconèixer que no esperava tornar a veure'l. Pel que puc comprovar, vostè és un home de recursos. I aquests que l'acompanyen deuen ser els membres de la seva estimada família. La nena ja la conec; els altres, no. Però no cal que me'ls presenti, perquè aviat seran tots morts. La crida de la sang és forta, ja ho sé, però de vegades porta a fer bestieses, com ara que uns ximples com vostès s'enfrontin desarmats als meus socis. Vol dir alguna cosa, abans no els ordeni disparar?

La tieta, que havia estat fent uns moviments discrets amb les mans mentre murmurava unes paraules, va cridar de cop amb veu forta i clara:

—No sé si l'Arnau vol dir res, però jo sí que voldria fer-li una pregunta.

—Endavant, benvolguda senyora —va respondre en Deulofeu en to burleta.

—És amb aquestes armes que empunyen, que els seus homes pretenen disparar-nos?

Els cinc russos es van mirar les mans i van quedar amb la boca oberta: les pistoles s'havien convertit en plàtans! El sisè rus, el que portava en Benvingut com si fos un sac de patates, va deixar anar el meu germà, va buscar la seva arma a l'infern de l'americana... i en va treure també un plàtan ben gros! Aprofitant el desconcert, en Benvingut va arrencar a córrer cap a nosaltres, però en Deulofeu va ser més ràpid i el va retenir agafant-lo per un braç. Els russos van deixar anar els plàtans i van avançar cap a nosaltres amb evidents males intencions. A partir d'aleshores, tot va anar molt ràpid. L'avi digué a la Carme:

—Va, aquell de la dreta és teu. El que hi ha al costat, me'l quedo jo.

—D'acord, Cornucopi.

I la Carme, amb un ràpid moviment, va convertir el «seu» rus en un ratolí, que es va aturar de sobte, sense entendre què dimonis li acabava de passar. L'avi va riure per sota el nas i immediatament va convertir l'altre en un gat. Un instant després, el gat s'adonava de la presència del ratolí i començava a empaitarlo a tota velocitat. Aviat, tots dos es van perdre dins el bosc. L'avi reia a cor què vols.

—L'instint és més fort que no pas la camaraderia dels mercenaris, pel que es veu, oi, Carme?

—Ja ho pots ben dir, Cornucopi. Què, donem un cop de mà als altres?

—Oh, potser no caldrà...

Un rus alt i quadrat, amb una pinta de bèstia que tallava l'alè, es va acostar a l'Aquil·les i li va clavar un cop de puny impressionant a l'estómac. L'Aquil·les ni es va immutar, però el rus va deixar anar un crit de dolor i es va agafar la mà dreta, la que havia deixat anar el cop, amb l'esquerra. L'Aquil·les s'hi va acostar i li va dir:

—Ara em toca a mi, amic meu.

El seu puny va sortir disparat cap a la barbeta del rus, que va volar uns tres metres cap enrere, abans de quedar ajagut a terra de panxa enlaire.

La Melisandra va aprofitar l'avinentesa i el va convertir en una marmota:

—Així podrà continuar dormint de gust. Per cert, Aquil·les, quins abdominals més ferms deus tenir!

—Em sap greu decebre-la —digué. I s'aixecà la camisa. A sota, alguna cosa brillava—. És una part de l'armadura que portava a la guerra de Troia. He pensat que podia ser-me útil, ateses les circumstàncies —aclarí.

La tieta va moure el cap admirativament.

—Sempre tan previsor, Aquil·les. Així m'agrada!

Mentre el pare convertia el quart rus en un ratpenat, la mare s'acostava al que havia portat en Benvingut sota l'aixella.

—Tu, que potser et penses que el meu fillet és un farcell? Em sembla que hauries d'aprendre urbanitat, ruc, més que ruc!

I dit i fet: abans que el seu oponent tingués temps de reaccionar, va veure's convertit en un ase i va fugir tot bramant. El pare em digué:

—En queda un, Serpentina. Tot teu.

—De debò, pare?

—Va, no facis compliments. Però no el transformis en una vaca amb ales ni en res que ens pugui portar problemes.

—D'acord —vaig dir, i em vaig apropar al rus, que no sabia si estossinar-me o si sortir cames ajudeu-me—. Ja ho tinc —i vaig mirar de fer l'encanteri tan bé com sabia. El rus va fer una mena de «puf!» i va quedar transformat en un animal molt curiós, pelut i amb bec.

El pare em renyà:

—Serpentina! T'he dit que no volia fantasies!

—No és cap fantasia, pare! Aquest animal existeix; es diu ornitorinc. És un mamífer i pon ous! El van descobrir els europeus mentre nosaltres dormíem.

El pare va consultar els seus arxius mentals i va dir:

—Ah, sí, tens raó. Perdona. Però mira que n'és, d'estranya, aquesta bestiola!

Tal com he dit, tot el combat va esdevenir-se en uns pocs segons. Però aquests pocs segons van ser tot el que va necessitar en Deulofeu. En veure que anaven mal dades, va fer entrar a la força en Benvingut al camió on els russos havien carregat el tresor, engegà i sortí disparat cap al camí que duia a la carretera. En passar pel nostre costat —la majoria de nosaltres vam haver de saltar perquè no ens aixafés—, tragué el cap per la finestra i cridà:

—No intenteu fer-me res, maleïts bruixots! Tinc el nen i us juro que si em seguiu l'escanyaré amb les meves pròpies mans!

—Que estúpids que hem estat! —digué amb fúria l'avi, donant un cop de peu a terra—. Mentre ens distrèiem amb els esbirros, aquell pocavergonya ha fugit amb en Benvingut i amb el tresor!

—I ara és massa lluny per llançar-li un encanteri —es lamentà la Carme.

—Fill meu! —cridà angoixada la mare—. El matarà, aquell home. Què podem fer?

—Jo el seguiré amb l'escombra, i així que pugui...

—No cal, Melisandra —digué el pare, estranyament calmat.

—Que t'has begut l'enteniment? —cridà la mare—. Hem d'actuar abans no sigui massa tard, perquè...

—Confieu en mi, sí o no?

—Sí, és clar, però...

L'Aquil·les intervingué:

—Em sembla que he entès el que ha fet el senyor, i si no vaig errat, té raó. No cal preocupar-se per en Benvingut. El que hauríem de fer ara és anar a veure com es troba el petit Viscós.

—El Viscós! És veritat —vaig cridar.

—Amb tot l'enrenou ens n'havíem oblidat. Pobret! —digué la tieta. I va córrer cap a l'angle de la casa, seguida per tots nosaltres. En arribar, vam veure el Viscós, que jeia a terra, immòbil i amb l'ull tancat.

—Pare, que potser és...?

—No, Serpentina, és ben viu. Fixa-t'hi bé...

De sobte, el cos del Viscós va començar a segregar un únic tentacle, molt prim, acabat en una mena de pinces verdes endurides. Quan ja feia mig metre de llarg, va introduir-lo en el seu propi cos i el va començar a moure i remoure com si busqués alguna cosa.

—Què està fent? No ho entenc?

—Xst, Serpentina! Deixa'l fer —em digué el pare.

Per fi, amb un «plop!» sonor, la punta del tentacle sortí del cos del Viscós. Tenia alguna cosa petita agafada entre les pinces.

—La bala! —vaig dir, en comprendre-ho per fi—. S'ha extret la bala ell mateix!

El Viscós va obrir l'ull, va mirar la bala i la va llençar lluny amb un posat de menyspreu. Després, va segregar uns quants tentacles més i es va posar dret —bé, va fer el que per a un ésser com el Viscós s'acosta més a posar-se dret. Tots el vam abraçar, i vam quedar ben llefiscosos, però tant se valia.

—Viscós!

—Quina por hem passat per tu!

—Quina sort que estiguis bé!

El Viscós ens abraçava també amb els seus tentacles, més content que un pèsol, i tan verd com ell. El pare ens digué:

—Ja us ho deia, que el Viscós té una morfologia d'allò més sorprenent. I ara, família, anem a fer una passejadeta fins allà on hem deixat la camioneta de la Carme. Allà recollirem en Benvingut i, de passada, recuperarem els nostres estalvis. Ah, però abans...

El pare va entrar a la casa i va tornar-ne a sortir poc després, duent als braços un ós formiguer, un gosset de les praderies i una gallina. Tots tres animals dormien. El pare els deixà a terra, al costat de la porta principal i va explicar:

—La gallina és en Jaume, que encara està estabornit, i els altres dos són els russos que el Viscós va desconnectar. Si volem estar tranquils, val més que continuïn essent animals durant una llarga temporada, així com els altres que ja han escampat la boira.

—Quedaran ben parats quan es despertin —vaig comentar.

—Ja pots pujar-hi de peus —digué el pare—, però s'ho tenen ben merescut. I ara, endavant!

Tots el vam seguir sense gosar preguntar res. El pare estava convençut que en Benvingut no corria perill, i nosaltres el crèiem, però no enteníem per què. Després d'un quart d'hora de marxa, vam veure, aturat en un revolt del camí, el camió dels russos. Tots vam córrer cap a ell, però jo hi vaig arribar la primera. Em vaig enfilar al marxapeu i vaig mirar a l'interior: en Benvingut, al seient del costat del conductor, jugava amb alguna cosa que duia a la mà. No hi havia ni rastre d'en Deulofeu. Vaig ajudar el meu germà a baixar del camió, i tots li vam fer petons, el vam abraçar i el vam atabalar amb preguntes:

—Et trobes bé?

—T'ha fet mal, aquell home?

—Què ha passat?

—On és, aquell bergant? —va preguntar la mare.

En Benvingut, amb un somriure, va obrir la mà i va dir:

—És aquí.

El senyor Deulofeu ara era una granota, una granota verda d'ulls sortints.

—Així doncs, pare, havies tornat els poders a en Benvingut! —vaig exclamar.

—Això mateix. No us n'havíeu pas adonat, oi? Quan en Deulofeu l'ha agafat, mentre jo convertia en ratpenat aquell rus, m'he adonat que era prou a prop del nen per esborrar l'encanteri que li bloquejava les facultats màgiques. Llavors, m'hi he posat en contacte mentalment i li he explicat el que havia de fer. Encara no domina gaires encanteris, però transformar la gent en granota és una cosa que li surt d'allò més bé.

—I no hauria pogut tenir un accident amb el camió? Les granotes no saben frenar —rondinà la mare.

—Però ell sí —respongué el pare—. Abans de la dormida, una vegada va immobilitzar, per divertir-se amb un pagès que li tenia mania, un carro tirat per dos bous, i no hi va haver manera que els bous avancessin durant hores, fins que jo vaig resoldre discretament la situació. Li he explicat mentalment que el camió era com el carro dels bous, però sense bous, i que l'encanteri era el mateix.

—Ho he fet bé, papa? —digué en Benvingut, tot content.

—Ja ho crec, fill —respongué el pare, tot esbullant-li els cabells—. Quan et facis gran seràs el millor de tots nosaltres!

—Ehem! —vaig fer, un xic molesta.

—Amb el permís de la Serpentina, és clar —va rectificar el pare, i tots vam riure de bon grat.

10

RETORN A LA (NOSTRA) NORMALITAT

Aquella nit, tots vam tornar a casa amb la camioneta de la Carme, menys l'Aquil·les, que duia el camió dels russos després de fer un curs accelerat de conducció amb el Viscós. En arribar a casa, el pare i ell van descarregar els cofres, que van tornar al seu lloc del soterrani, i l'Aquil·les va portar el camió de tornada fins a la casa del bosc i l'hi va deixar, juntament amb el cotxe d'en Deulofeu i el Mercedes dels russos. A Marsella, algú es floriria esperant un tresor, i la màfia russa remouria cel i terra buscant els seus sis homes, en Deulofeu, en Jaume i el botí que se'ls havia esmunyit entre els dits, però no trobarien res de res. D'altra banda, uns dies després de la nostra aventura vam llegir al diari que en Manel i en Quico són en un hospital psiquiàtric i tenen ben sorpresos i desorientats els metges amb el seu comportament de ximpanzés. Mengen molts plàtans i s'ho passen molt bé quan els posen DVD amb pel·lícules de Tarzan o *El planeta dels simis*. En tot cas, per a nosaltres, la vida pot continuar amb normalitat, sense necessitat de tornar a fer la gran dormida.

El pare va permetre a en Benvingut que es quedés amb el senyor Deulofeu —o sigui, amb la granota—, si prometia no fer cap barrabassada màgica fora de casa. De moment, el meu germà ha complert la seva paraula, sobretot perquè la mare —que aviat va començar a treballar a la nostra escola— li fa de mestra i el vigila de prop (cosa que a ell no li fa gens de gràcia). Jo, però, no les tinc totes i estic segura que algun dia ens provocarà algun maldecap, aquest mocós.

La Melisandra segueix fent de caixera unes hores al dia al supermercat del barri i li encanta això de xerrar amb veïns i veïnes i comentar tafaneries. Sembla que ja suporta millor els humans... De tant en tant, però, quan és negra nit, es deixa endur per un dels seus rampells, agafa l'escombra i se'n va a fer un tomb allà on només la puguin veure les òlibes i els mussols.

La Carme ha vingut a viure a casa, i l'avi està content com una criatura. Es passen quasi tot el dia ballant com bojos, i tots dos intercanvien receptes de cuina. Ella ens estima d'allò més, i a en Benvingut i a mi ens encanta tenir una àvia, a més d'un avi. Estic intentant que m'ensenyi a hipnotitzar, i de moment ja he aconseguit adormir-me a mi mateixa mirant-me fixament al mirall.

L'Aquil·les, en les seves hores lliures, fa conferències per les biblioteques explicant la guerra de Troia, i té força èxit. Molta gent comenta que les seves descripcions tenen un gran realisme. «És talment com si ho hagués viscut!», diuen. Ara bé, de tant en tant manté llargues converses privades amb el pare, i em fa l'efecte que en porten alguna de cap, perquè després el pare té els ulls lluents i

sembla molt animat. Em sembla que enyoren la seva etapa aventurera i estan ordint plans per al futur. Ara, que si pensen córrer una aventura i deixar-me a mi de banda, ja s'ho poden fer mirar!

Jo, de moment, continuo a l'escola, i vaig fent amb normalitat i sense avorrir-me més del compte. La senyoreta Mercè ja ha gosat tornar-me a fer sortir a la pissarra i ha comprovat alleujada que no la poso en cap compromís. Pel que fa a en Kevin, em sembla que li agrado: insisteix a portar-me els llibres en pujar i baixar l'escala del centre, i algun dia m'ha arribat a regalar flors i tot. Es veu que aquell cop de genoll el va seduir. Són ben estranys, els nois. Els has d'estovar per cridar-los l'atenció! Avui he quedat amb ell per anar al cinema, pagant ell, és clar. Potser un dia el portaré a casa i li presentaré el Viscós d'amagat del pare. Aquesta serà la prova de foc per veure si em convé.

I plego, que ja he explicat prou coses per avui. Sabeu? En el fons, trobo que no s'està pas malament en aquest segle XXI. Em sembla que la família i jo ens ho passarem força bé durant les properes dècades!

Han escrit i han dibuixat...

Miquel Pujadó

Vaig néixer a Madrid (coses de la vida!) l'any 1959, i des de petit m'ha agradat jugar amb les paraules i amb els sons. He exercit de professor de català i de francès (em vaig doctorar en Filologia Romànica), he compost moltes cançons que he enregistrat en un munt de discos i que m'han permès viatjar pertot arreu. També he produït textos i músiques per a altres grups i solistes i he escrit assaigs, articles, mots encreuats, textos teatrals, adaptacions literàries, guions radiofònics...

L'any 2003 vaig guanyar el premi Lola Anglada amb el recull de contes *Un príncep massa encantat*, i des d'aleshores també em dedico a la literatura infantil i juvenil. He publicat contes en la revista *Cavall Fort* i sóc l'autor de llibres com *L'okupa de cervells*, *El genial oncle Anastasi*, *El ficcionauta* i *Paraules d'amor*.

Tant si escric textos breus com llargs, tant si els textos són pensats per ser escoltats com per ser llegits, tant si són en prosa com en vers, em considero un explicador d'històries, i la llengua és per a mi un jaciment inexhaurible d'on extrec la matèria primera que dóna consistència a les meves idees i als meus somnis.

Escrivint *La Serpentina i l'antiga família* m'he divertit moltíssim imaginant una colla d'éssers molt especials. Uns éssers que, mentre dormien durant tres segles, s'han «perdut» molts fets històrics i molts progressos científics i que ara s'han d'adaptar a un món que els resulta estrany, però que és, de fet, l'únic que tenen. He volgut que la història sigui dinàmica i emocionant, però també l'he esquitxada amb abundants tocs d'humor, i he buscat que el lector s'identifiqués ben aviat amb els personatges i se'ls fes seus.

Saul Daru'

Em dic Saul i he il·lustrat les aventures de la Serpentina que tot just acabeu de llegir. Vaig néixer a Itàlia ja fa uns quants anys i sempre m'ha interessat dibuixar, pintar, viatjar, però, sobretot, llegir i viure aventures. En els meus dibuixos faig servir colors de tota mena, des de les diferents tonalitats de grisos fins als colors més cridaners. La meva font d'inspiració és el món de la natura i els seus detalls, un entorn en el qual m'he mogut des de ben petit, perquè vaig néixer al nord d'Itàlia, envoltat de muntanyes i d'animals ben curiosos.

Després de llicenciar-me en arquitectura a Venècia, vaig anar a treballar a Portugal i tot seguit a Barcelona, on vaig viure més de sis anys, i on vaig aprendre a parlar català, vaig conèixer la vostra cultura i tinc encara molt bons amics. En aquesta ciutat hi vaig treballar com a arquitecte; també com a il·lustrador i vaig poder publicar com a tal llibres il·lustrats en diferents països, com ara Espanya, Portugal, Bèlgica, França, Malàisia, Taiwan, Tailàndia i Indonèsia. L'any 2006 vaig rebre un dels premis Award per l'Illustrazione Italiana. A Barcelona vaig tornar a estudiar; aquesta vegada escenografia i animació en stop motion. Aquests nous coneixements em van portar a estrenar un migmetratge d'animació sobre una òpera lírica infantil de Mozart i un curtmetratge en què els protagonistes són personatges de plastilina, amb el qual vaig guanyar una Menció Especial en el 44è Festival Internacional de Cinema Fantàstic de Catalunya (Sitges 2011). La meva darrera aventura ha estat anar-me'n a treballar a Pequín... Allà realment és tot diferent, fins i tot els colors! Ara he tornat a Europa i continuo il·lustrant i somiant en el fet de viure una nova aventura, com la que ens porta el llibre *La Serpentina i l'antiga família*...